「な、なんだ、この鍵……」

その鍵には美しい女性の横顔が彫られていた。

「まるで女神だな……」

JN172931
フォルト・ガードナー

丸呑みする気満々だったツリーシャークは、
空振りしたことで体勢を崩し、
地中へ逃れる機を失う。
「今だ！」
その隙をついて、
イルナが渾身の一撃を
ツリーシャークの
鼻っ面目がけて放った。

イルナ

「ジロジロ見るのは禁止！」

絶対無敵の解錠士（アンロツカー）

鈴木竜一

角川スニーカー文庫

22891

Absolutely invincible unlocker

CONTENTS

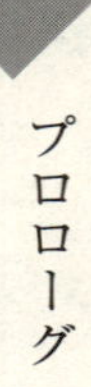

プロローグ

どうしてこうなったのか。

全身に走る痛みと迫りくるモンスターたちの足音で事態を察する——俺は裏切られたのだ、と。

「ぐっ……」

直後、これまでの記憶が脳裏に浮かび上がった。

この絶望的な状況に陥るまでの経緯が。

事の始まりは数時間前。

俺が所属している冒険者パーティーのリーダーであるレックスは、ダンジョン近くに設営したテントに戻ってくると仲間を集めて仕入れてきた怪しげな情報を披露した。

その情報こそが発端だった。

「いいか？　このダンジョンには隠し通路があって、その先には地底湖の近くに三種の神器と呼ばれる超レアアイテムがあるらしい」

眉唾物の情報であったが、レックスはすっかり信じ込んでいるようで、装備を調えるとすぐに件のダンジョンへ挑むことになった。

レックスの仕入れた情報によれば、本来ならば避けて通らなければならないモンスターの巣を抜ける必要があるとのこと。しかし、その場所は経験豊富な熟練の冒険者でさえ避けて通る道……俺は、最低ランクであるFランクの俺たちが挑むのはあまりに危険だと訴えた。

しかし、レックスは秘策があると自信満々に言い放ち、装備を調えておくよう告げて去っていった。

「だ、大丈夫かな……」

「あれだけ自信ありげに秘策があるって言うんだから、きっと大丈夫よ」

不安げに呟いた俺に声をかけたのは金色のセミロングヘアの女の子だった。

彼女の名はミルフィ——俺の幼馴染みだ。

お互い両親を早くに亡くし、冒険者になろうと一緒に村を出て、近くの町のギルドの紹介で、今のパーティーへ入った。

ここから俺の冒険者としての人生が始まる……はずだったが、現実は厳しかった。

リーダーのレックスは何かとミルフィを優遇し、スキル診断もすぐに受けさせた。そこでミルフィは、回復特化型のスキルを持つ回復士（ヒーラー）という冒険者パーティーからすれば大変貴重な存在であることが発覚。さらに重宝されることとなった。

それとは対照的に、俺の扱いはドンドンひどくなっていった。

でも、ミルフィはそんな俺を見捨てず、いつも励ましてくれたし、リーダーのレックスにも抗議していた。

ミルフィはこうも言っていた。

『お金が貯（た）まったら、このパーティーを抜けて旅に出ましょう』

その言葉が支えだった。だから雑用係以下の扱いにも耐えられた。いつか、この苦労も笑い話になると信じていたんだ。

俺たちが準備を調え終えると、ちょうどレックスがやってきた。

そして、俺の肩をポンと叩（たた）くとこれまでに聞いたことのない優しげな声で告げる。

「フォルト、おまえは俺たちと一緒に先陣を切ってダンジョンへ潜るんだ。……今日からは戦力になってもらうぞ」

いつもは後方待機という名の置物扱いだったが、今回は違った。

レックスは俺を戦力と見てくれた。

これまでの苦労が報われた瞬間だった。

「よかったね、フォルト」

「あ、ああ！　俺、頑張るよ！」

ミルフィとハイタッチを交わし、俺はレックスたちと共に先んじてダンジョンへと入っていくと、いつもとは違うルートを通り、奥へと進む。あちこちにモンスターの巣がある超がつく危険地帯だけあって、ここまでやってくるものはほとんどいない。

「この辺りでいいか」

しばらく歩くと、レックスが足を止めた。

「モンスターどもをおびき寄せるぞ」

「モ、モンスターを⁉」

それは自殺行為に等しい。

だが、レックスは顔色ひとつ変えずに言う。

「忘れたか？　秘策があると教えたはずだ」

「そ、それは……」

「心配するな。モンスターどもを一網打尽にするアイテムを持っている。あいつらを動けなくさせれば、ミルフィも安全に奥へと進めるだろう？」

「ま、まあ……」

「決まりだな。ほら、冒険者としての初仕事だ。こいつを仕掛けてこい」

レックスが俺に渡したのはモンスターの好む臭いを放つ袋。それをもう少し進んだ先にある道の真ん中へ置いてこいというのだ。

俺はその指示に従い、臭い袋を持って前進。

すると、背後からレックスたちの声が聞こえてきた。

「さっさと三種の神器を回収して早く帰らねぇと、ミルフィに怒られちまう。あいつは俺からするおかえりのキスが好きだからな」

「えっ⁉　リーダーとミルフィってできてたんすか？」

「言ってなかったか？」

「聞いてないっすよ！　俺だって狙っていたのに！」

「ははは！　そりゃ悪いことをしたな。……だったら、今晩貸してやろうか？　あいつぁんな清楚な顔して結構性欲強くてなぁ。持て余していたところなんだよ」

「マジっすか⁉」

「お、俺も！　俺もお願いしますよ、リーダー！」

「別にいいけどよぉ、俺のあとだぞ？」

俺は頭が真っ白になった。

ミルフィが……？

そんなバカな！

動揺している俺は、レックスや仲間の冒険者が近づいていることに気づかなかった。

「フォルト……ご苦労だったな」

レックスの言葉に反応して振り向いた直後、ヤツの拳が俺の頬を捉える。その衝撃で倒れ込むと、さらに仲間——だった連中が蹴りを食らわせてきた。

やがてその猛攻が終わると、レックスが俺の顔を覗き込む。

「悪いな、フォルト。ここでサヨナラだ」

「えっ……？」

「はっ！　まだ気づいていないのか？　本当におめでたいヤツだな、おまえは！」

トドメと言わんばかりに力のこもった蹴りが腹に突き刺さる。

そして、苦しむ俺の髪を摑み、強引に顔を上げさせた。

「本気でモンスターどもがうろつくここが正規ルートだと思ったのか？」

「ど、どういう……」

「俺の仕入れた情報っていうのは、このダンジョンの隠し扉の場所についてのものだ。こっちへ来たのは……おまえを葬るためさ」

一瞬、レックスの言っている意味が理解できなかった。追及しようにも口はまともに動かず、ただただ血の味だけが濃くなっていくだけ。それでも、懸命に言葉を紡いだ。

「ほ、葬るって……」

「まだ喋れたのか……まあ、いい。だったら単刀直入に教えてやるよ。おまえの存在は結ばれた俺とミルフィにとってどうしようもなく目障りになったんだ。それに……これはおまえのためでもあるんだ」

「な、なんだと……」

「見たくはないだろう？　――俺とミルフィがイチャイチャしているところを」

「!?」

俺が何も言い返せないでいると、レックスは臭い袋をナイフで斬り裂く。

「あばよ、フォルト。ミルフィのことなら安心しろ。俺たちがたっぷり面倒を見てやる。回復士としても、女としても、な」

そう告げて、レックスたちは足早にその場を去っていく。

俺はなんとか体を起こすが、すでにモンスターの大群はすぐそこまで迫っていた。

逃げ道はない……いや、厳密に言えばないことはない。

俺の立っている位置は崖の近く。少し移動して下を覗き見れば、吸い込まれそうな闇が広がっている。あまりに高すぎて底が見えないくらいだ。

落ちれば命の保証はない。

だが、この場にとどまれば確実に命を落とす。

「……くそっ！」

俺は覚悟を決めて崖から飛び下りたのだった。

第一章　解錠士

焼けるような痛みで目が覚めた。

眼前に広がる空を眺め――間違えた。ここに空はない。

あるのはゴツゴツした岩肌ばかりだ。

「ぐっ！」

起き上がろうとした瞬間、激痛が走る。

その痛みが、俺にこの薄気味悪いダンジョンで仲間から置き去りにされたという忘れたい事実を思い出させた。

「ミルフィ……」

力なく呟く。

あのミルフィが……リーダーのレックスと深い仲だったなんて……まったく気づかなかったな。

「……ここから出なくちゃ」

モンスターの大群から逃れることはできたが、まだ安堵することはできない。ここが危険なダンジョンの中であることに変わりはない。傷つき、弱っている俺を見過ごすほど、あいつらに慈悲の心はないからな。

痛みに耐えつつ、俺は立ち上がって出口を目指す。

……ただ、その目指す出口がどちらにあるのか分からない。

「行かなくちゃ……行かなくちゃ……」

意識を保つため、決意を何度も口にする。

しかし、その想いに体がついてこない。

やがて、自分の体を支えきれなくなった俺はその場に倒れ込む。

「くそっ……動いてくれよ……」

懇願するが、状況は何も変わらない。

最悪の未来が脳裏をよぎる中、俺は顔を上げた。

すると、信じられない光景が視界いっぱいに広がる。

「ち、地底湖……？」

ダンジョンに広がる湖。

こんなに大きくて綺麗なのに、全身を襲う強烈な痛みに気を取られていて目に入らなかったよ。

というか、このダンジョンに地底湖があったということすら知らなかった。いつ呼ばれてもいいようにマップは頭の中に叩き込んでいたつもりだったけど……もしかして、マップには記載されていない場所なのか？

「……とにかく行ってみよう」

神秘的な光景かつ歩き回ったせいで猛烈に喉が渇いていたってこともあり、俺は吸い込まれるように地底湖へと歩いていった。

地底湖の周辺は発光する苔が大量に発生しており、光り輝いていた。覗き込めば、湖底がハッキリと分かる。

「凄い透明度だな……」

こんな怪我さえなかったら、湖岸を歩いて周囲の様子を探るのだが、今はもう立っているのさえキツくなってきた。

「ぐぅ……」

疲労と痛みはピークを迎え、膝から崩れ落ちる。

荒れる呼吸にぼやける視界。

ダンジョン内を歩き続けていたはずなのに、汗をかくどころか凍えるような寒さを覚える。いよいよ本格的にまずいな、これ。

――俺はここまでなのか……。

「ミルフィ……」

死の間際となっても、俺の頭にはミルフィの笑顔が浮かんでいた。

——と。

「！　あれは……」

薄れゆく意識の中で、俺は視線の先に光を見た。

それは周りの苔が発する光とは明らかに別物で、もっと神々しい輝きを放っている。

「な、なんだ……？」

俺は最後の力を振り絞って、その光を目指した。もしかしたら、あれが天国の入り口なんじゃないか、と考えながら。

たどり着いたそこには三つの宝箱があった。

「これ……まさか……三種の神器？」

レックスたちが探そうとしていた三種の神器がおさめられている宝箱なのかもしれない。

そう思って、開けようとするが——鍵がかかって開かない。

「そりゃそうか……こいつを開けるには相当ハイレベルの解錠士(アンロッカー)が必要になるぞ」

宝箱や隠し扉の解錠を生業とする解錠士。うちのパーティーにもいるにはいたが、あの人が開けられるのは解錠レベル10まで。もしこれが本当に三種の神器ならば、少なく見積もっても解錠レベルは間違いなく三桁を超えるぞ。

「せっかく見つけたっていうのに――うん？」

ここまで来て、本当に運がない。

力尽きかけた俺の目に飛び込んできたのは――台座に置かれた小さな鍵だった。

「な、なんだ、この鍵……」

台座にもたれかかりながら、その鍵を手にする。よく見ると、その鍵には美しい女性の横顔が彫られていた。

「まるで女神だな……」

そう呟き、次に目に入ったのは三つの宝箱。

「まさか……」

いやいやいや。

そんな都合のいいことがあるものか。この宝箱みたいに、普通の鍵じゃなくて魔力による強固な施錠は、解錠士のみが使える解錠魔法しか効果がないのだ。

そう考えつつも、「もしかしたら」という淡い期待を抱いて鍵を手近な宝箱の鍵穴に差し込んで回してみると、「ガチャッ！」という音と確かな手応えがあった。

「！　あ、開いた⁉」

信じられない……こんなことってあるのか。

驚きつつ、中を覗くと――そこには赤色の宝石が埋め込まれたペンダントがあった。

「このペンダントは……」

その美しさに思わず手を触れた瞬間、ペンダントが眩い閃光を放つ。

「うおっ⁉」

俺は咄嗟に目を伏せる。

しばらくしてゆっくりと目を開けた瞬間、自分の身に起きた異変に気づいた。

「け、怪我が治ってる⁉」

歩くのさえ困難だったはずが、万全の状態にまで回復していたのだ。

ということは、このペンダントは回復アイテムってことか？　しかも、あれだけのダメージが瞬時に全快って……もっと他に効果はあるのか。

「そ、そうだ！　カタログで調べてみよう！」

俺はリュックの中にアイテムのカタログがあったことを思い出す。

カタログとは、手に入れたアイテムが市場でどれほどの価格で取引されているとか、希少価値とか、そういったアイテムの情報が手に入る物で、冒険者にとっては必需品と言っていい。

俺はカタログにそのペンダントをかざす。

そして、目を閉じると、意識を集中させた。

カタログから情報を得るには、微量の魔力を注ぐ必要があった。大量の情報を管理するため、こいつには魔法文字が使われており、それを呼び起こすためにも魔力は必須なのである。

しばらくすると、それまで白紙だったページに情報が書き込まれていった。

「いいぞ。これでこのアイテムの正体が分かる」

書き込まれた情報に目を通してみる。

それによると、

※※※※※※※※※※※※※※※※※※※※※※※

アイテム名　【天使の息吹】

希少度　【★★★★★★★☆☆】

解錠レベル　【738】

平均相場価格　【測定不能】

詳細　【身につけている者のあらゆる傷、病、状態異常を無条件で癒やす】

※※※※※※※※※※※※※※※※※※※※※※※

「!? な、なんだ、これ!?」

思わず叫んだ。

効力は俺の睨んだ通り。

だけど、その他の項目が――こんな表記……今まで見たことがない。

相場価格の測定不能については、過去十年間に一度もドロップしていないアイテムにのみ表記される。なので、稀に見ることがあるのだが、希少度★8っていうのは初めて見た。

俺が見た過去最高のレア度は★5だが、それでもかなりの高額で取引されるアイテムだったぞ。

そのアイテムの価格を決定する決め手――解錠レベルの数値もおかしい。

三桁自体初めて見たが、500以上ともなると世界に百個とないはず。

それを、俺が手にしている……その事実に、思わず震えた。さらに、

「もしかしたら……他の宝箱にも……」

俺の目は残りふたつの宝箱へと向けられた。

レックスが仕入れてきた、出所不明の怪しい三種の神器の情報。

しかし……なるほど……この天使の息吹はそのひとつに数えても問題ないくらい超絶レアなアイテムだ。

本来、これほどの解錠レベルなら、王宮解錠士クラスじゃなければ不可能だ。

……でも、俺はこいつを開けられた。

その事実を認識した時、自然と目線は手にした小さな鍵へと向けられた。

「これのおかげか……？」

そうとしか考えられないけど、根本的な問題があった。

「……これってつまり、俺に解錠スキルがあるってことだよな」

どんなに万能な鍵を手にしたところで、解錠スキル持ちでなければ意味をなさない。解錠スキル持ちだけが、解錠士となれるのだ。

……いや、それにしたっておかしな話だ。俺が解錠スキル持ちとはいえ、いきなり三桁超えの、しかも５００以上の宝箱を開けられるなんて聞いたことがない。

「こ、こっちも試してみるか」

少し恐怖を覚えながらも、次の宝箱へ手を伸ばす。

やっぱりすんなりと開いたな。よほど質のいい鍵ってことなのか？

それについては後々考えるとして、肝心の中身は――

「？　腕輪？」

小さな腕輪だった。手に取ってみた、次の瞬間、

「わっ！」

腕輪が光り、何もしていないのに左腕へと装着されていた。――でも、装着していると

いう感覚がない。

とりあえず、外れそうにないので腕につけたままカタログにかざしてみる。

すると、

※※※※※※※※※※※※※※※※※※※※※※※※※※※※※※※

アイテム名　【破邪の盾】
希少度　【★★★★★★★★★☆】
解錠レベル　【883】
平均相場価格　【測定不能】
詳細　【魔法・物理による直接攻撃を無効化】

※※※※※※※※※※※※※※※※※※※※※※※※※※※※※※※

「なあっ⁉」

腕輪と思っていたのは盾だった。

……いや、驚くのはそこじゃなくて、こっちも数値がおかしすぎる⁉

「じゃ、じゃあ、三つめは……」

もう訳が分からなくなって、勢いのままに最後の宝箱を解錠してみる。そこには立派な装飾が施された剣が入っていた。

「おぉ……いかにも高価って感じの剣だな」

見た目からして、先ほど手に入れたふたつのアイテムより高級な感じが伝わってくる。

早速手に取ってカタログにかざしてみた。

※※※※※※※※※※※※※※※※※※※※※※※※※※※※※※※※

アイテム名　【龍声剣】
希少度　【★★★★★★★★★★】
解錠レベル　【926】
平均相場価格　【測定不能】
詳細　【持ち主の魔力を大幅に増幅させ、全属性の魔法攻撃が使用可能になる】

※※※※※※※※※※※※※※※※※※※※※※※※※※※※※※※※

「マ、マジか……」

最後にして最大級のアイテムが出てきた。

おいおいおいおい！　希少度★10とか初めて見たぞ！

龍声剣……こいつに関しては名前だけ聞いたことがあるけど、まさか実在していたなんて。

確か、魔法を発動させる時に龍の唸り声に似た音が出るって話だったけど……あとでちょっと試してみよう。

ともかく、これで三つ。

そのどれもが、三種の神器の名に恥じないアイテムばかりだ。

圧倒的な性能に呆然としていると、背後に気配を感じた。

慌てて振り返ると、地底湖の湖面が何やら泡立っている。

「なんだ？」と思って近づくと、突然大きな水柱が上がり、そこから現れたのは巨大なカニ型のモンスターであった。

……こいつは知っているぞ。

名前はアイアン・クラブ。

灰色をした鉄のように硬い甲羅に守られ、さらに四本のハサミはそれぞれ巨岩をバラバラにできるくらいのパワーがある。

「う、うおぉ……」

思わず足が震える。

剣術の鍛錬は毎日欠かさず行ってきたが、モンスターを相手にする実戦はこれが初めてだった。本来ならば、回れ右をしてここから逃げだすところ――でも、今の俺には戦える力がある。

「……三種の神器……こいつの力を試すには絶好の機会か」

天使の息吹。

破邪の盾。

龍声剣。

この三つが揃えば、俺でも戦えるって気がしてくる。それに、きっとこいつクラスのモンスターはこの辺りにはゴロゴロいるのだろう。つまり、目の前にいるアイアン・クラブを倒せないってことは……ここから生きては帰れないってことに直結する。

「………」

龍声剣を握る手に力がこもる。

深呼吸を挟んでから、俺はモンスターを睨みつける。

「いくぞ！」

こんなところで死んでたまるか。

必ず生きて脱出してやる。

「シュルル……」

アイアン・クラブの硬い甲羅には、普通の剣や斧じゃ歯が立たない。討伐の基本は魔法攻撃になるのだけど——って、考えていたら、敵のハサミが真っ直ぐ俺へと振り下ろされた。

「速っ——」

言葉を発するよりも先に、俺はハサミにぶつけるような形で左腕を突きだす。

次の瞬間、「ガン！」という音と共に、アイアン・クラブのハサミ（右手）がクルクルと宙を舞った。

「うおっ⁉」

あれだけデカい腕をめちゃくちゃなスピードで振り下ろしてきたが、三種の神器のひとつである破邪の盾がそれを防ぐ。銀色をした腕輪の形状から、一瞬にして魔力をまとう巨大な盾に姿を変えると、あっさりとハサミを弾き飛ばしたのだ。

向こうも何が起きたか分かっていないらしく、突然消えた自分のハサミを捜してウロチョロしている。

こちらには一切目を向けていない……こんな小さな相手に負けるはずがないって感じだな。

その余裕……後悔させてやるさ——龍声剣の魔法攻撃で！

「はぁぁ！」

俺はこれまでほとんど使ったことのない魔力を龍声剣へ集める。剣術は指南書を参考にしていたが、魔法絡みの特訓はミルフィとやっていた。あの時の鍛錬が、ようやく実を結ぶってわけだ。

魔力を注いでいるうちに、龍声剣の色が変わっていく。

「これなら……」

龍声剣がまとう魔力の強大さに「やれる」と自信を抱いた俺だが、ここでようやくアイアン・クラブがこちらに気づく。三本になったハサミのすべてをこちらへ向けて襲い掛かってきた。

——気づくのが遅かったな。

俺の魔力はその属性を雷に変える。全属性の魔法が使えるようになる龍声剣ならではの戦い方だ。

「いけぇ！」

龍声剣から放たれた魔力はすぐにその姿を雷に変え、その雷は矢のように鋭く伸びてアイアン・クラブの頑丈な甲羅を貫いた。

「っっっ!?」

　このような形で反撃してくるのは想定外だったのか、アイアン・クラブはまともに雷魔法を受け、そのまま地響きを立てて仰向けになるとピクピクと痙攣しながら口から泡を吹きだした。

「はあ、はあ、はあ……」

　さっきよりも息が荒れている。それは疲労からくるものではない。

「……やった？」

　動かなくなったアイアン・クラブを見て、俺はボソッと呟いた。

　信じられない。

　俺がたったひとりで、あんなデカいモンスターを倒したのか？

「は、はは、ははは……」

　自然と笑いが込み上げてきた。

　モンスターを倒した実感がようやく湧いてきて、そのうち涙まで出てきた。達成感もそうだけど、助かったっていう安堵感もあったのだろう。

　いろんな感情が溢れてきて、訳が分からなくなってきた頃、遠くの方から話し声が聞こえてきた。

「おいおい！　先客がいるぞ！」

「嘘っ!?　なんで!?」

「はあ!?　マジかよ！」

「あの情報をどこかで聞きつけたヤツがいるとはな」

「計算外ですね」

男女入り交じった複数の声がすると認識した直後、視界がぼやけ始めた。まるで体が浮き上がるような気分だ。

「なんてこった！　まだ子どもじゃないか！」

「どうやってここまで来たんだ!?」

「まずい！　意識を失いかけているぞ！」

俺を見るなり、慌てた様子で駆け寄る男たち。

どうやら冒険者パーティーらしい。

「た、助かった……」

そう思った矢先、俺は安堵のためか意識を失った。

——三種の神器を装備したままで。

◇◇◇

「うぅ……」

おぼろげな意識が徐々に回復していく。

「そうか……寝ちゃってたのか」

ゆっくりと目を開けながら、そう呟いた。

そういえば朝早かったし、ずっと緊張状態だったからなぁ……それが助かったと分かって緩んだせいか、気を失うように眠ってしまったみたいだ。

俺は目をこすり、周囲を見渡した。

「ここは……」

意識がハッキリしてくると、今度は記憶がよみがえっていく。

お宝アイテムを探してダンジョンで先行し、そこでレックスからミルフィと恋人同士であるというとんでもない言葉を告げられた挙げ句、用済みってことで殺されかけたんだった。

そして、モンスターの群れに襲われそうになり、一か八か崖から飛び下りた。幸いにもなんとか助かって、地底湖を見つけて、それから――

「……三種の神器……」

「あら？　気がついた？」

「うおっ⁉」

これまでの経緯を思い出していたら、いつの間にか部屋に人がいた。不意打ちのような形で声をかけられたため、俺は思わず飛び退くほどの大きな反応を見せる。

「な、何よ、そんなに驚かなくてもいいでしょ」

「あ、ああ、ごめん」

いちゃもんをつけられて咄嗟に謝ったけど……誰だ、この子？

「え、えっと……君は？」

「あたしはイルナよ」

イルナと名乗った少女に、俺は一瞬見惚れていた。

赤色をした長くてサラサラした髪。服装は動きやすそうなデザインをしていて、少々露出が多め。年齢は俺と同じくらいで、十五、六くらいかな。宝石のような青くて綺麗な瞳にジッと見つめられ、俺は身動きが取れなかった。

「ちょっと！」

「えっ？」

「あたしが名乗ったんだから、あなたも名乗りなさいよ」

可愛らしい外見とは裏腹に、結構気が強いみたいだ。

「俺はフォルトだ。フォルト・ガードナー」

「ふーん、フォルトね。覚えたわ」

そう言うと、イルナは話題をガラッと変えるためか、「コホン」とわざとらしい咳払いをしてから話し始める。

「それで、なんでフォルトは地底湖にいたのかしら？」

質問するイルナの目が鋭くなる。

そこで、俺は事態を察した。

意識を失う直前――俺の方へ駆け寄る冒険者たちがいた。きっと、イルナは彼らの仲間なのだろう。

そして、地底湖にいたということは……彼女たちの目的も、三種の神器だったってわけか。

「あそこは適当に歩いて偶然たどり着けるような場所じゃないし……もしかして、あなたも隠しルートの存在を知っていたの？」

「か、隠しルート？」

なんの話だ？

そんなの知らないぞ？

……確かに、普通じゃ絶対にやらないようなルートをたどったのかもしれないけど、地底湖にたどり着いたのは偶然だ。

どうやって説明したらいいものか、と俺が答えあぐねていると、イルナの表情が曇っていく。

「あなた……まさかとは思うけど……あの断崖絶壁を転げ落ちてきたとでも言うんじゃないでしょうね？」

「断崖絶壁？」

「まあ、そんなわけないわよね。モンスターの群れにでも襲われない限り、あんな危険な崖から飛び下りようなんて判断するヤツがいるはずがないわ」

ケラケラと笑いながらイルナは言うが……まさにそんな状況だったんだよな、俺。

「……えっ？　まさか本当に崖から飛び下りたの？」

笑顔から一転、ドン引きしながら俺を見るイルナ。

誤魔化(ごまか)す必要もないだろうし、ここは素直に答えておくとしよう。

「イルナの言った通りだ。俺はモンスターの群れに追い詰められ、一か八かの賭けに出たんだ――飛び下りたら助かるかもしれないって賭けに」

「呆(あき)れた……なんで生きているのよ……？」

「なんでって……」

……まあ、実際死にかけてはいたけどさ。

これもすべては三種の神器のひとつである天使の息吹のおかげだ。

――天使の息吹？

「あっ⁉」

　俺は三種の神器のことを思い出して、首元に手を添える――と、そこには確かに天使の息吹があった。

「よ、よかった……」

　命を救ってくれたお宝アイテムが消えていなかったことにホッと胸を撫で下ろす。しかし、イルナは俺のその態度が気に入らなかったようだ。

「何？　あたしたちが盗ったと思ったの？　失礼しちゃうわね」

「あ、い、いや……ごめん」

　ご立腹のイルナへ、俺は素直に謝罪の言葉を述べる。俺があっさり謝ったことが意外だったのか、目を丸くしていた。

「うちのパーティーには『人のお宝を横取りするな』って掟があるのよ。先を越されたのは確かに悔しいけど……」

　唇を尖らせながら語るイルナ。心底悔しそうではあるが、きちんと掟を守っているあたり、彼女の所属するパーティーは随分と健全なんだなと思う。

　しかし……パーティーか。

　そういえば、気を失う直前に聞こえてきたいくつかの声の中に、イルナのものもあったな。

「すっかり話が逸れちゃったけど――結局、なんでフォルトはあの地底湖にいたの？　どこで情報を手に入れたの？」

「そ、それは――」

「俺もぜひ知りたいな」

部屋にスキンヘッドの中年男性が入ってきた。

男性の姿を見た俺はギョッと目を見開く。

二メートル近い長身に、鍛え上げられた筋肉。歴戦の猛者の証（あかし）である全身の傷。

間違いない。

この人が――

「パパ！」

そう、パパ……パパ？

「おう、イルナ。看病ご苦労だったな」

「うん。って、特に何もしていないんだけど」

この厳（いか）つい人とイルナって親子なのか……全然似てない！

「さて、少年」

イルナのお父さんは部屋の隅にあったイスを引っ張り出して、俺の寝ているベッド脇に座る。

……近くで見ると凄い威圧感だ。

ちょっとでも油断したら頭から丸呑みにされそうな気さえする。一体、どれだけの修羅場をくぐってきたらこんな迫力をまとえるっていうんだ……？

「先に自己紹介をしておこうか。俺は霧の旅団って冒険者パーティーのリーダーをしているリカルドってモンだ」

「っ⁉　き、霧の旅団⁉」

冒険者パーティーはランク分けされている。

俺の所属する――訂正、所属していたレックスたちのパーティーは最底辺のＦランク。

それに対し、今の目の前にいるリカルドさんがリーダーを務めている霧の旅団というパーティーは最高ランクのＳだ。

その名前は、この辺りを縄張りとする冒険者ならば誰もが一度は聞いたことがあるはずだ。

何せ、俺たちの住むレゲン大陸では、Ｓランクに入るほどの実力を持ったパーティーは全部で五つしかないからな。

そのうちのひとつともなれば、嫌でもその活躍は耳に入る。

思えば、これだけ広い部屋を俺のために使用している――つまり、それだけの規模の宿を貸し切りにできるか、或いは自分たちが活動拠点とするためのアジトを持っているということ。

それだけで、中規模以上のパーティーであることは明白だった。

レックスたちはいつも格安の宿を転々としていたからな……まあ、あれはあれでいい面もあったけどさ。

「意識が戻ったところで早速語ってもらおうか――なぜあの地底湖にいた？　それと、三種の神器のことはどこで誰に聞いたんだ？　うん？」

口調自体は穏やかなままだが、明らかに気配が異なる。

嘘は許さない。

獲物を前にした猛禽類（もうきんるい）のような眼光が雄弁にそう語っている。

桁違いの迫力を前にして、俺は顔が引きつり、なんとか質問に答えようとするが、言葉がつかえてしまってうまくいかない。――と、
カランカラン。

動揺している俺の服から、何かが落ちた。

「おっ？」

リカルドさんがそれを拾い上げる。

それは鍵だった。

「あっ」

思わず声が出た。

あれは……俺が三種の神器の宝箱を開ける際に使用した鍵だ。

「ハハーン……なるほどね。君は解錠士だったのか」

「えっ？」

　俺は解錠士じゃない。

　けど、リカルドさんが勘違いしてしまうのは無理もないか。地底湖にあった宝箱を開けたのは俺なわけだし……あれ？　だったら勘違いじゃない？

「やっぱり俺って……解錠士？」

「何それ？　スキル判定をしたから鍵を手に入れたんじゃないの？」

「ああ、いや……スキル判定はまだ受けていないんだ」

「？　じゃあ、この鍵は？」

「地底湖で拾ったんだ」

「拾ったぁ!?」

　信じられないといった感じに叫ぶイルナ。リカルドさんは無言のままだが、その表情はイルナ同様、驚きで満ちていた。

「三種の神器が入っていたくらいだから、宝箱の解錠レベルはめちゃくちゃ高いはずなのに……スキル判定すらまともにしていないあなたが開けてしまうなんて……」

「いや……あり得ない話じゃないぞ」

未だに信じられない様子のイルナとは違い、リカルドさんは急に合点がいったと言わんばかりに満足げな顔だった。

「昔聞いたことがある。一流の解錠士には、鍵の方から近づいてくるってな」

「鍵の方から……」

解錠スキルを得た者の大半は、解錠レベル1からスタートする。数々の宝箱を開けていくことで、そのレベルは上がっていくのだ。

「君には一流になれる資質があった。だから、鍵の方が君を選んだのさ」

「そ、そうなんでしょうか……」

「でなくちゃ諸々説明がつかん」

リカルドさんは言い切るけど……俺に解錠士としての資質があったなんて、ちょっと信じられないな。

「それより、地底湖の周辺に君以外の人間はいなかったんだが……君は単独であの場にいたのか？」

「あぁ……まあ、はい」

元パーティーメンバーに消されかけたってことは黙っておこう。そもそも思い出したくないし。

「パーティーには所属していない、と？」

「今はフリーです」

「よろしい。ダンジョンへ潜った経験は？」

「この前が初めてでした」

「「えぇっ!?」」

これにはリカルドさんだけでなくイルナも驚いていた。

「……いやいや、君には驚かされっぱなしだな」

「ほ、本当に……」

「そ、そんなに驚くことですか？」

「俺たちは半年以上かけて地底湖への安全なルートを調査検討し、二十人いるメンバーを総動員してようやくあそこへたどり着いたんだよ」

それを、初めてダンジョンに挑んだ俺が目的のお宝をかっさらったってわけか……リカルドさんたちからしてみれば、とても納得できることじゃないな。

掟で他人の物は盗まないって話だったけど……三種の神器は例外と見られるかもしれない。

そんな不安に襲われていると、リカルドさんは何かを考え込むように目を閉じ、ツルツルの頭頂部を無骨な手で撫でまわした後、パチンと叩いてから口を開いた。

「少年！」

「は、はい」

「うちに入らないか？」

「へっ？」

「だから、霧の旅団に入れって勧誘しているんだよ」

「…………」

しばしの間があって、

「「えええええええええええっ⁉」」

俺とイルナの叫び声が重なった。

「ちょっとパパ！　何を考えているの！」

叫び終えると、すかさずイルナが迫った。

「えっ？　この解錠士の少年を仲間に加えようとしているんだが？　ちょうどマレンの爺さんが引退して後釜が欲しかったところだし」

「そうじゃなくて！　うちは大陸でも五つしかないSランクパーティーなのよ⁉」

「ああ、知っているぞ」

そりゃリーダーだからね。

って、そうじゃない。

「どこの誰だかも知らないヤツを勝手に勧誘しないでよ！」

うん。

勧誘されている身で言うのもなんだけど、俺もそう思う。しかし、当のリカルドさんはあっけらかんとした態度で告げた。

「この子はいい子だ。目を見れば分かる」

「うっ……」

「それにいいモノも持っている」

そう言って、鍵と三種の神器を指差した。

イルナの反対意見を押し切るのにはこのふたつで十分であった。

「た、確かに……そこは認めるけど……」

ため息交じりにイルナは言い、それ以降は口をつぐんでしまった。このことから、「パパは言い出したらもう変更はきかない」ってあきらめるくらいのレベルなのだろう。親子だからその辺は手に取るように分かるんだろうな。

しかし、俺の立場から言わせてもらえば、Sランクパーティーである霧の旅団のリーダーから熱烈な勧誘を受けているというわけなのだが……改めて整理すると、凄い状況だな。

「どうだ？　今はパーティーに所属していないんだろう？」

「………」

一瞬、ミルフィの笑顔が脳裏をよぎった。

……でも、ミルフィはリーダーのレックスと——

「？　どうかしたの？」

ミルフィの顔を思い出していたら、その上からイルナの顔がかぶさるように覗き込んできた。

「うおっ!?」

「きゃっ!?　ちょ、何よ！」

「す、すまない。ちょっと考え事をしていて……」

「考え事、ねぇ」

俺の言葉にピンと来たのか、リカルドさんは優しい口調で尋ねてきた。

「どうやら、以前所属していたパーティーとは円満な別れといかなかったようだな」

「あ、いや、それは……」

「強要する気はないが、そういうのは口にして吐きだしちまった方がいい。愚痴の聞き役なら任せろ」

「パパがそう言うなら、あたしも付き合うわ」

「………」

この親子の言う通りなのかもしれない。

たぶん、そうしないと、俺はこれからもズルズルとこの件を引きずるだろう。

「……実は──」

さっきまでは語るのをためらっていた、レックスたちの俺に対する行為。しかし、今はむしろ話してしまいたいという気持ちが勝っていた。思えば、ミルフィ以外に心の内側を遠慮なく吐露したことなんてなかったな。

不思議な感覚に包まれつつ、俺は地底湖にたどり着くまでの経緯をふたりに洗いざらい説明した。

「な、何よ、それぇ！」

真っ先に反応し、憤慨したのはイルナだった。

「人を囮（おとり）に使って自分たちだけ逃げだすなんて！」

「私欲を満たすため、仲間をモンスターに襲わせるとは……度し難いな」

「まったくよ！」

大声で怒りをあらわにするイルナ。一方、リカルドさんは静かな口調ながらも、その中にハッキリとした怒りが込められていた。

……それが嬉（うれ）しかった。

俺のために怒ってくれる人なんて、ミルフィ以外ではほとんどいなかった。

「しかし少年……これも何かの縁だと思わないか？」

「えっ？」

ニッと笑いながら、リカルドさんは俺の肩に手を添える。

「あの断崖絶壁から落ちて生き残り、そこで三種の神器を入手して俺たちと出会う。――まあ、仲間に裏切られた直後だっていうのに信じろというのは難しいと思うが……俺たちは君をそんな目には遭わせない。絶対に、だ」

「そうよ！　そんなチームに戻るくらいなら、うちにいなさいよ！」

イルナの言っていることがさっきと逆になっている――というツッコミはこの際置いておく。

俺にとってはありがたいお誘いだ。

……しかし、気になる点もある。

「で、でも、俺はなんの役にも立てませんよ……」

「そうかな？」

言い終えた直後に、リカルドさんが否定する。

「三種の神器を使ってアイアン・クラブをひとりで討伐したろ？　それだけで十分うちにくる資格はある。それに……俺はどちらかというと、こっちの役割で君の力を必要としているんだけどな」

「こっち？」

指差す先にあったのは例の鍵……そうだった。パーティーでは役立たずって扱いが長すぎたせいか、未だに実感が湧いてなくて忘れていたよ。

「君には立派な王宮解錠士になれる才能があると思っているんだけどな、俺は」

「そ、そんな……」

俺が王宮解錠士って……考えたこともなかったな。

「さっきも言ったが、うちは今新しい解錠士を探していてな。君さえよければ加わってもらいたいのだが」

「で、でも、俺まだスキル診断を受けてなくて」

「その必要はないだろ。——ほれ、持ってみな」

リカルドさんが鍵をこちらへと放る。

慌てて、俺がその鍵をキャッチすると、凄まじい輝きを見せた。

「こ、これは……」

「鍵が君を選んだんだ。スキル診断をするまでもない。君は紛れもなく解錠士だ」

「解錠士……」

それが、俺の持つスキル。

果たせる役目。

新しい生き方。

「……あの、リカルドさん」

「うん？」

「俺をパーティーに入れてくだ――」

「分かった！」

食い気味に了承された。

「そうと決まったら、次のお宝を目指して明日ここを発つ！　ちょうど領主殿から仕事の依頼もあったことだしな！　イルナ！　旅の支度をしろ！」

「分かったわ、パパ」

「えっ⁉　あ、明日ですか⁉」

「諦めなさい。パパはああ見えて頑固だから」

苦笑いを浮かべるイルナ。

Sランクパーティー霧の旅団をまとめるリカルドさんは、まさに豪快って言葉を擬人化したような人だった。

……それにしても、領主から直接依頼が来るなんて……さすがはSランクパーティーだな。

「旅の前に今夜は君の歓迎会を開くから、それまでしっかり休んで体調を整えておけよ！」

リカルドさんはそう告げて、部屋を出ていった。

残されたのは俺とイルナのふたりだけ。

「まっ、それはそうと――」

豪快な父の背中を見送ったイルナは、俺の方へと向き直ると手を差し伸べた。

「これからよろしくね、フォルト」

「あっ……う、うん！」

俺とイルナは握手を交わす。

なんだか、むずがゆいけど……仲間になった証だって気がしてとても嬉しかった。

俺はここからやり直す。

霧の旅団の一員として。

あの超有名なSランク冒険者パーティーである霧の旅団にスカウトされた日の夜。

歓迎会という名の顔合わせが行われた。

「集まったな」

アジトの広間に、霧の旅団のメンバー総勢二十人が集まった。

ひとりひとりからオーラが漂っているというか、雰囲気のある人ばかりだった。

中でも俺が注目したのは、隊長クラスのふたり。

霧の旅団は一番隊、二番隊、三番隊の三つのグループで構成されている。

一番隊の隊長はリーダーであるリカルドさんが務めているが、他のふたつの隊をまとめる隊長も相当な手練（てだれ）と評判だ。

ひとり目は、やっぱりなんと言ってもリーダーのリカルドさん。

元某大国魔法兵団の副団長をしていた経験があるらしく、知識も豊富で判断力があるというまとめ役に打ってつけの人物だ。……しかし、なんでまた安定職を捨てて冒険者になったんだろう。

続いては、

「随分と若いのだな」

二番隊隊長のエリオットさんだ。

一見すると冒険者稼業とは無縁そうに見える小柄で優しげな金髪のおじさんだが、剣術の腕は超一級品らしく、パーティーでは副団長としての役割もこなすとのこと。

「実力と常識があるなら誰でもいいわ」

三番隊隊長を務めるのは女性のアンヌさん。

特徴的なのは美しい黒髪と凛(りん)としたたたずまい。そして可愛らしい犬耳か。

そう。アンヌさんは狼(おおかみ)の獣人族だったのだ。

高い身体能力を駆使した打撃技が得意という近接戦闘タイプだ。

ちなみに、イルナも格闘戦が得意らしく、こちらのアンヌさんに技を教わっているらしい。父親のリカルドさんは元魔法兵団の副団長を務めるほど魔法使いとしての才能を有していたが、イルナには受け継がれなかったようだ。

以上、この三人がパーティーの中心となっている。

「は、初めまして！　フォルト・ガードナーです！」

最初に好印象を与えようと元気よく挨拶をしたが効果は薄そう。

なので、俺は地底湖で手に入れた三種の神器を出してみる。

「あ、えっと、実績になるかどうか分かりませんが……俺が解錠して入手したアイテムです」

そして並べた三つのアイテム。

龍声剣
天使の息吹
破邪の盾
すると、

「「「「うおおおおおおおおお!?」」」」

全員の目の色が一瞬で変わった。

「むぅ……リカルドが言っていたのは冗談かと思ったが……」

「まさか本当だったなんて……」

これにはエリオットさんもアンヌさんも驚いているようだ。

「凄いだろ？　前所属していたところはこんな凄いヤツを切り捨てたっていうんだから笑

える話だよ」

レックスたちの行動に、霧の旅団の面々は騒然となる。

「あり得ない話だな、そりゃ」

「冒険者稼業を舐めていやがる」

「おまけにそんな辛い待遇……よく耐えてきたな」

ついには俺の過去に同情してくれる人まで現れた。

「……仲間のスキルを把握していないとは、素人以下だな」

「まったくだわ」

エリオットさんとアンヌさんの隊長ふたりもあきれ顔だ。

そこへリカルドさんが割って入り、得意げな顔で語り始めた。

「みんなも知っての通り、三種の神器ともなれば解錠レベルは間違いなく三桁は超えてくる。そうなった場合、解錠は法外な値段をふっかけてくる王宮解錠士に依頼しなければならないが……その心配が一切なくなる！」

ダン、と力強く机を叩きながら言い放つリカルドさん。

「しかし、フォルトはまだ冒険者としては駆けだしだ。そこで、当面の間はイルナとふたりで組ませて冒険者のイロハを叩き込むのと同時に、うちのルールをしっかりと覚えてもらおうと思う。幸い、次に拠点としようと考えている西方の町の近くにはグリーン・ガーデンがあるからちょうどいい」

リカルドさんの言葉に、周りのみんなは「そういうことなら」と納得した様子。

……ところで、グリーン・ガーデンってなんだろう？

イルナに聞いてみようとしたが、それよりも先に俺の歓迎会という名目の大宴会が始まってしまった。

「さあ、飲んで楽しみましょう！」

「お、おう」

グリーン・ガーデンについての情報を求めようとした瞬間、イルナは満面の笑みを浮かべて俺の腕を摑むとそのまま盛り上がりのド真ん中へと連れていく。

正直、こういうノリは初めてなので緊張していた。

しかし、霧の旅団の人たちが温かく俺を迎え入れてくれたおかげで、徐々に体の硬さはほぐれていった。

「いろいろと大変だったんだなぁ、フォルト」

「これからはうちで力を発揮してくれよ」

「は、はい！」

誰かに必要とされている。

その嬉しさを実感しつつ、騒がしくも楽しい夜は更けていった。

歓迎会の翌日。

霧の旅団は丸一日をかけて西へ移動した。

ただ、アンヌさん率いる三番隊はやり残したことがあるとのことで、数日間はここに残るとのこと。

それ以外のメンバーは新たな地方へと移り、そこで国からの依頼をこなしていくのだという。もちろん、それ以外にも気になったダンジョンにはどんどん挑戦していくとリカルドさんは教えてくれた。

「忘れ物はないな！　よし……いくぞぉ！」

気合いの入ったリーダーのひと声で、続々と馬車が出発していく。

そのうちのひとつの荷台に乗り込んだ俺は、徐々に遠くなっていく町をジッと眺めていた。

「さよなら……ミルフィ」

自然と、そんな言葉が口をついた。

「うん？　何か言った？」

同じく荷台に乗っていたイルナが尋ねてくる。

「いや、なんでもないよ」

「そう？　それより、少しは慣れたかしら？」

「おかげさまでね。ひとりひとりが凄い実績を持っているのに、それを鼻にかける様子もなくて……本当にいい人ばかりで驚いているよ」

「パパがリーダーを務めるパーティーなんだもの、当然よ！」

ドヤ顔でそう語るイルナも、俺がパーティーに溶け込めるようにいろいろと気遣いをしてくれていた。リカルドさんは良いリーダーであり、良い父親なんだな。

「イルナのおかげでだいぶ喋(しゃべ)れるようになったよ。……でも、俺なんかがこの凄いパーティーでやっていけるか、ちょっと自信がなくて」

「そうかしら？　あたしは十分やっていけると思うけど？　三種の神器もあることだし」

「うーん……なんというか、まだ実感が湧かないっていうのもあるかな」

ついこの前まで、役立たずの能無しって散々バカにされ続けてきたからな。

今に手にしている龍声剣をはじめ、あの地底湖で入手したアイテムと謎の鍵——解錠スキル持ちの解錠士ってことが分かってから、怒濤(どとう)の勢いで人生が回り始めている。

ネガティブな思考で、俺の気分が少しだけ暗くなってしまった時だった。

「ふあぁ〜」

イルナが大きくあくびをする。

「眠いの？」

「遅くまで酔っ払いの相手をしていたから……あなたは平気なの？　あたしと同じくらい夜更かししていたのに」

「あぁ……慣れちゃったかな」

前のパーティーにいた時は、雑用で作業が深夜になるってザラにあったからな。

「そうなの……悪いけど、ちょっと寝るわね」

「了解」

「それじゃあ、失礼して――ふわぁ」

もう一度大きくあくびをしたイルナは、荷物に背を預けて目を閉じた。

「………」

寝息を立て始めたイルナを、俺は思わずジッと見つめてしまう。

整った顔立ち。

長い睫毛(まつげ)。

鮮やかな赤い髪。

柔らかそうなピンクの唇。

そして――割と露出多めの服装。

……あまり凝視しないでおこう。

こうして、俺は住み慣れた土地をあとにし、新たに加入した霧の旅団の解錠士として活躍することを胸に誓った。

幕間一　ミルフィの決断

フォルトが霧の旅団に加入し、歓迎会に参加している頃。

当初の狙い通り、フォルトを始末したと思い込んでいるレックスだったが、格安の宿に戻ってからずっと不機嫌であった。

理由は単純なもので、モンスターの大群にフォルトを襲わせたまではよかったが、一部が逃げる自分たちを追いかけてきて、やむを得ず戦闘に発展。その際に負った傷が思いのほか深く、ダメージが残ったからだ。

「クソッタレが……」

設えられたソファに身を預けながら悪態をつくレックス。

周りでは同じように戦闘で負傷したパーティーの仲間が痛みに顔を歪めている。

万年貧乏な彼らのパーティーに人数分の回復薬があるわけなどない。その代わりに、ある優秀な回復スキルの使い手がいた。

彼はその使い手を自室へと呼び寄せる。

「来たか、ミルフィ。早速だが、回復してくれ」

そう口にしたレックスの視線の先には、怯えた目つきをした金髪セミロングヘアの少女がいた。

「あ、あの……」

少女の名前はミルフィ。

フォルトの幼馴染みで、彼が想いを寄せている子であり、パーティーでは回復士を務める。

いつもならすぐに回復スキルを発動するミルフィだが、今日は少し動きが鈍い。顔も青ざめていて、明らかに様子がおかしかった。

「…………」

「どうした？　早くしろ」

「あの、リーダー」

「あん？」

「フォルトはどこですか？　一緒に連れて行ったんですよね？」

意を決し、ミルフィは気になっていた疑問をレックスへぶつける。

しかし、返ってきたのは思わぬ言葉だった。

「あ？　あいつなら死んだよ」

「えっ⁉」

信じられない言葉に、ミルフィは固まった。

「それよりよぉ、体の傷だけじゃなく、心の傷も癒やしてくれよぉ」

レックスの手がスッとミルフィの肩に添えられる――が、ミルフィはそれをすぐに払いのけた。

「フォ、フォルトが死んだってどういうことですか⁉」

声を震わせながら、レックスたちに迫る。

「モンスターに襲われたんだ。まさか、あんな一瞬で潰されちまうとはな……予想を遥かに上回る弱さだったぜ」

「そ、そんな……」

とてもじゃないが、受け入れられなかった。

本当にフォルトは死んだのか。

自分の目でそれを確かめたくて、ミルフィは駆けだした。

目指すはレックスたちの潜ったダンジョンであったが、いつの間にか背後に回っていた仲間に行く手を阻まれてしまう。

「どこへ行く気だ、ミルフィ」

振り返ったミルフィが目にしたのは、ニヤつきながらこちらを見つめているレックスであった。

ゾッとミルフィの背筋に冷たいモノが走る。

次の瞬間、彼が――いや、このパーティーが自分たちを仲間として引き込んだ、その真の狙いを理解した。

彼らは自分やフォルトを仲間として見ていない。

きっと、彼らのことだ。

フォルトを連れて行ったのは、いざという時の保険だったのだろう。そのいざという時が実際に訪れ、フォルトはその役目を果たした。

「フォルトを囮にしたんですか……？」

「囮？　……なるほど。そういう見方もあるか」

ソファに座っていたレックスがゆっくりと立ち上がり、ミルフィへと近づく。

「おまえにとっちゃ辛い現実だが……死んだ人間はよみがえらねぇ。だが安心しろ。俺たちが末永くおまえを可愛がってやる」

下卑た笑みを浮かべながら、レックスの手がミルフィに迫る。

――レックスがフォルトに告げた「ミルフィと付き合っている」という情報は事実ではなかった。すべてはミルフィを手に入れるためにレックスが仕掛けた卑劣な罠――だが、ミルフィにその真実を知る術は現状ない。

気がつくと、周りの男たちも皆レックスと同じような顔になっていて、徐々に距離を詰めてきている。逃げ場を奪う気だ。

「………」

これからされることを想像して、ミルフィは震えた。

大事な幼馴染み——いや、それ以上の感情を寄せているフォルトは死んだ。

厳密に言えば、死んだのではなく、この連中に殺された。

ここまでの情報をようやく頭の中で整理し終えたミルフィは、レックスたちの魔の手から逃れるため行動に出た。

「いやっ！」

ミルフィは近くにあったモップを手にすると、それをレックスの顔面へ投げつける。それはちょうど彼の鼻っ面を直撃し、レックスはあまりの痛みに「ふごおっ⁉」という間抜けな声をあげて床をのたうち回った。

「い、いってぇ！　このガキィ！」

起き上がり、鼻血を流しながら迫るレックス。

だが、痛みで朦朧（もうろう）としているのか、動きが遅く、ミルフィは足を引っかけて彼を再び床へと倒した。

「レックス！」

男たちの注意がレックスへ向けられている隙をついて、ミルフィは急いで部屋を出ていった。

「追え！　捕まえろ！　絶対に逃がすんじゃない！」

走りながらレックスの叫び声を耳にしたミルフィは、急いで宿屋の階段を駆けあがると自分の部屋へ逃げ込み、慌てて鍵をかける。

異変に気づいた他の仲間たちが次々とミルフィの部屋へと迫ってきているのが足音の数で分かった。

ミルフィは手近にあった愛用のバッグを手にすると、窓からこっそり外へと出た。

そのわずか数秒後に、レックスが仲間と共にドアを蹴破って室内へと押し入る。

「ちっ！　ここから下へ下りたのか……すぐに捜しだせ！」

もぬけの殻となった部屋を見たレックスは仲間たちにそう命令を飛ばす。さらに、自身も宿屋から出てミルフィを捜しに夜の町へと繰りだした。

「……なんとかまけたかしら？」

――ミルフィは宿の屋上にいた。

窓を派手に開け放っていたのはフェイクで、本当はすぐ真上の屋上に避難していたのである。

そこから町の様子を窺うと、あちこちにパーティーメンバーが散って自分を捜している様子が飛び込んできた。

「しばらくは動けそうにないわね」

冒険者パーティーには欠かせない回復士である自分を、レックスは絶対に逃さないだろう。ここはすぐに動かず、状況を把握してから動きだしても遅くはないだろうと判断したミルフィは大きく息を吐いた。

「フォルト……」

膝から崩れ落ちたミルフィは悲しみに暮れる。

どれほどそうしていただろう。

これ以上は出ないというほど涙を流した後、ミルフィはパチンと頬(ほお)を叩(たた)いた。

「まだよ。自分の目で確かめるまでは……フォルトが死んだなんて思わない」

そう決意を口にすると、ミルフィは屋根伝いに北を目指した。

回復士は冒険者パーティーにとって必要な存在だ。

夜通し捜していないと分かれば、彼らは捜索範囲を広げるため町を出ていくはず。

ミルフィはそれをより確実なものにするため、町の北門近くに自分のハンカチを落としておいた。すると、それを発見したレックス一行は翌日狙い通りの行動に出る。

「ミルフィの足じゃそう遠くへは行けないはずだ！　隣町を徹底的に捜索するぞ！」

大荷物を抱えて北門から外へと出ていった。

きっと、次の町へ移動しがてら、自分を捜すつもりなのだろう。

「よし……これでダンジョンへ潜れるわね」

レックスたちが見えなくなったことを確認すると、ミルフィは昨日彼らが潜ったというダンジョンのある町の南側へと向かうのだった。

第二章　初心者向けダンジョン――グリーン・ガーデン

レゲン大陸最西端の地。

ゾルダン地方と呼ばれるそこは、大陸でもっともダンジョンの数が多いことで知られている。

約一日半をかけて俺たちが目指しているのは、その地方でもっとも栄えていると言われる商業都市クロエル。

霧の旅団の新たな拠点となる町だ。

「見えて来たわよ、フォルト」

「どれどれ――おおっ！」

馬車の荷台から前方へ視線を移すと、まず目についたのはひと際大きな時計台だ。その周りには町並みが広がっており、その規模は以前暮らしていた場所とは比べ物にならないくらい大きかった。

「凄(すご)く大きな町だなぁ……うわっ！　あっちには海が見える！」

初めての大都市に、俺は思わず興奮する。

しばらく進み、大きなアーチ型の門をくぐるといよいよ都市の中心部へとたどり着いた。

「うおぅ……人が多い」

到着したのは夕暮れ手前の時間帯で、朝市のピークはとうに過ぎているはずが、今までいた町とは比べ物にならない人の数だった。

「そんなに驚くほど？」

「いやいや、凄くない？」

「そう？」

どうやらイルナはこの規模の町は慣れっこらしい。

そりゃそうか。

だってSランクパーティーのメンバーだもんな。

……でも、俺だってこのパーティーのメンバーに加わったんだ。これからはこの程度のことで浮つかないよう注意しないと。

俺たちは都市の中心部から少し離れた場所にある宿屋へと到着。

しばらくの間はここを生活の拠点とするが、近々周辺の物件を見て回り、新しく自由に使える家を探す予定だ。

「おーい、ふたりとも」

馬車から荷物を下ろしていると、リーダーのリカルドさんがやって来る。

「俺たちは明日の朝から依頼について詳細な情報を聞くため、領主の屋敷に向かうつもりだ。フォルトたちは――」

「分かっているわ、パパ。あたしがフォルトをバッチリ鍛えるから！」

イルナは力こぶを作るポーズでリカルドさんに宣言。

「ははは、頼もしいな。フォルト、イルナは君と同い年だが、ダンジョン探索の経験は豊富だ。いろいろ教えてもらうといい」

「はい！」

どうやら、俺の教育係はイルナに決定したらしい。

そして、俺はいよいよ本当の意味でダンジョンデビューを果たす。

「……………」

「そう気負うな、フォルト。君には頼りになる相棒たちがいるだろ？」

緊張している俺の肩を優しく叩いたリカルドさんの言った「頼りになる相棒たち」――それは今装備している三種の神器のことだ。

「自信を持て。三種の神器の力を使いこなせば、君は無敵の解錠士になれる」

「リカルドさん……」

自然と拳に力がこもり、「やってやるぞ」と意欲が湧く。

「今日は早めに休んで明日に備えましょう」

「ああ」

本音を言えば、今すぐにでもダンジョンへ飛びだしたい気分だが、すでに夜の闇が迫りつつある時間帯。夜間はモンスターの数が増えるので、ダンジョンから引きあげるのが一般的なので、さすがに今から突っ込むのは危険だ。

イルナの言う通り、今日は長旅の疲れを癒やし、明日からの探索に備えるとしよう。

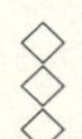

クロエルの町の宿屋は、これまでに泊まったどの宿屋よりも快適なものだった。

……というか、今までがひどすぎるっていうのもあるけど。

ふかふかのベッドから起き上がると、身支度を整えてから部屋を出る。すると、同じタイミングでイルナも部屋から出てきた。

「あら、偶然ね。おはよう、フォルト」

「おはよう、イルナ」

挨拶を交わして、一緒に一階へと向かう。

この宿屋は食堂も併設しており、そこには霧の旅団の面々が集結していた。

「来たな」

リカルドさんは俺たちを見つけると、席へと手招きする。

「行きましょう、フォルト」

イルナに手を引かれて、俺はリカルドさんのいるテーブルへ。

さすがに歓迎会の時ほどじゃないけど、賑(にぎ)やかで楽しい朝食はこうして始まった。

リカルドさんたちは依頼主である領主に会うため、朝食を終えるとすぐに目的地へ向けて出発した。

一方、俺とイルナは鍛錬という名目でダンジョンへ潜ることに。

本来、ダンジョンへ寄る前にギルドへ行き、クエストを確認するものだが、今回はそのままダンジョンへ直行する。

目的地までは町から歩いて十分ほど。

その名も草原のダンジョン――グリーン・ガーデンだ。

「そういえば、前にリカルドさんが言っていたね」

「あそこはそれほど大きくもないし、出てくるモンスターも強くはないから、冒険者としての基礎的な動きを身につけるのにうってつけって話よ」

なるほど。

それなら安心だな。

「あと、手に入れたアイテムはギルドが買い取ってくれるわ」

「了解」

「それと、入手したアイテムについては、売る前に必ずリーダーであるパパに報告すること。これを忘れたらきつーいペナルティがあるからね」

「き、肝に銘じておくよ」

道中ではイルナからパーティーのルールなどについて説明を受ける。

そうこうしているうちに、ダンジョンへと到着。

「ここが草原のダンジョン……グリーン・ガーデンか」

岩壁に空いた大きな穴。

まるで俺たちを飲み込もうとしているようにさえ思える。

この先に……ダンジョンが広がっているのだ。

グリーン・ガーデンの入り口周辺ではこれから潜る、あるいはすでに今日一日分の稼ぎを終えた冒険者たちが成果を報告したり、情報を交換したりしていて、今まで訪れてきたダンジョンと比べて賑やかだった。

ダンジョン近くにテントを張って、そこで生活している者も少なくない。レックスたちも同じようなことしていたしね。

「随分と賑やかだね」

「ここで冒険者としての基礎を学ぶ人が多いのよ」

「そうだ。初心者用ダンジョンって話だったな」

「えぇ。……でも、だからって油断しないようにね」

イルナに念を押されたが、それについては百も承知だ。

「分かっているよ」

「それと……これだけは言っておくわ」

ダンジョンに入る直前、イルナが改まって言う。

「パパはあなたに期待しているわ」

「俺に？」

「ええ。本来なら非戦闘要員である解錠士のあなたが、あれだけ強力な装備を手に入れたんですもの。戦える解錠士ってとても貴重なのよ？　だから、今のうちにいろいろと経験させたいのよ」

そんな狙いがあったのか。

「まあ、そういうわけだから……派手に暴れてもらうわよ」

「任せておいてくれ」

もう緊張感はなかった。

溢(あふ)れてくるのはこれからの探索に向けたワクワクだけだ。

「行こう、イルナ」

「えぇ」

俺とイルナは揃(そろ)ってダンジョンへと足を踏み入れた。

最初の数メートルは薄暗い一本道が続いているだけだったが、やがて進行方向に光が見えてくる。

まさか外へ出るのかと疑問に感じたが——違った。

「うわっ!?」

「す、凄い……」

光の先には広大な空間が広がっていた。

俺たちがいる場所は小高い丘の上で、そのダンジョンとは思えない広々とした光景を前に自然と足が止まる。

ダンジョン内でありながら妙に明るく、地面には草が生えており、岩肌むき出しの天井を見なければここがダンジョン内部だってことを忘れそうになる。

「どうしてこんなに明るいんだ？」

「発光苔(はっこうごけ)の影響ね」

辺りを見回したイルナの表情は真剣そのもの。

真の意味で初のダンジョン探索となる俺の浮かれた気持ちがキッと引き締まった。

……いかんいかん。

まだ気持ちが浮ついているな。

「……それにしても、草原って名に恥じないダンジョンね」

そういえば、ここは別名「草原のダンジョン」とも呼ばれているんだったな。

確かに、地面にはダンジョン内部でありながら芝生が広がっており、天井に張りついている発光苔に照らされたその芝生の輝きは、さながら緑色の宝石をちりばめた絨毯(じゅうたん)のようだった。

見た限りでは危険のない安全な憩いの場所だと思ってしまうが……それでも、モンスターがいるダンジョンに変わりない。さっきイルナから注意されたように気を緩めず立ち向かわないとな。

その時、俺たちの横をふたりの冒険者が通っていく——と、イルナの目がキラリと光った。

「……ツイているわね」

「？　何が？」

「さっきすれ違った冒険者パーティーから漏れ聞こえた話だと、どうやら、ここ数日当たり日が続いているらしいわ」

「えっ⁉　ホントに⁉」

聞いたことがある。

雑魚なのに、高レベルの宝箱をドロップするモンスターの出現率が大幅に増加する「当たり日」というものがある。一日限定らしく、その詳しい法則については未だ分かっていない。ともかく、冒険者にとっては喜ばしい日だ。

「あたしたちもレア宝箱ゲットに挑むわよ」

「おう！」

士気も高まったところで、俺たちは丘を下りてグリーン・ガーデンの探索へと乗り出した。

「よぉし……」

龍声剣を手にする俺のテンションはもう最高潮に達しようとしていた。

さあ、なんでもいいから出てこい。

気合いを入れ直し、草原のダンジョンを探索していく。

──それから一時間後。

「どうしてこうなった……」

俺たちは途方に暮れていた。

理由は簡単。

「まさか一時間さまよってモンスターが一匹も出ないなんて……」

イルナの言う通り、俺たちはダンジョンへ来てからまだ一度もモンスターと遭遇していない。

エンカウント率はどうなっているんだ？　いくらなんでも平穏すぎるだろ……。

「ちょっと休むか」

いつモンスターが出てもいいように気を張っていたせいだろうか、まだ何もしていないのに凄く疲れた。

その疲れを取るため、俺は手頃な大きさの岩にドカッと腰を下ろす。

「変ねぇ……こんなに探し回らなくても、大抵は向こうから出てくることがほとんどなんだけど……」

一方、イルナは首を傾げている。

どうやら、ここまでエンカウントしないのは珍しいらしい。

ともかく、モンスターのいそうなところを手当たり次第探っていくしかないのかな。

俺はその提案をイルナに持ちかけようと腰を上げた。

「うん？」

その際、何やら違和感が。

俺はそれまで座っていた大きな岩へ視線を移す。

ガタガタガタッ！

突然、岩は大きな音を立てて崩れていく。

――いや、違う。

これは……変形しているんだ。

「！　ロックラビット！」

イルナが叫んだ。

ロックラビット――全身が灰色で、岩にうまく擬態していた。獲物を捕らえるための工夫だろう。

大きさは約二メートル。

ガタイはいいが、その分動きは鈍そうだ。

「このモンスターって強いのか？」

「手軽に狩れる弱小モンスターよ。だから、ドロップするにしても、たいしたアイテムじゃないわ。解錠レベルも高くて10くらいかな」

いわゆる雑魚モンスターの部類か。

しかし、最初の標的としては手頃でいいんじゃないかな。

「相手の強さがどうであれ、こいつが……記念すべき討伐第一号ってわけだ」

俺は龍声剣を構えて攻撃を開始しようとするが、それよりも先にイルナが叫んだ。

「まずはあたしが行くわ！」

イルナがダッシュして、あっという間にロックラビットとの距離を詰めた。その恐ろしいまでのスピードに驚いたロックラビットは、前足を振り上げる。あれで叩き潰すつもりなんだろうけど、遅すぎだ。

前足を振り下ろす前に、イルナは拳を振り抜く。眉間に直撃を受けて吹っ飛んだロックラビットは、物凄い勢いで草原を転げ回った。

「す、凄いな……」

想像以上に、イルナは強かった。

その武器は己の拳。

力強くぶん殴っただけに見えたが、よく見ると、その拳に魔力をまとったナックルダスターを装着している。そうすることで、威力は数十倍にも膨れ上がり、ロックラビットを吹っ飛ばしたのだ。

……拳だけじゃない。

一撃を叩き込むまでの動作だって凄い。

ロックラビットを翻弄する華麗なフットワーク……たぶん、幼い頃から相当鍛えられているからこそできる芸当だろう。

「フォルト！　今よ！」

イルナが俺の名を呼ぶ。

「お、おおっ！」

トドメを刺せってことらしい。

「あとは任せてくれ！」

今度は俺の番だ。

龍声剣へ魔力を込めていく。

こいつはあらゆる属性の魔法を使用できるのだが、今回俺は雷属性をチョイスした。

「くらえっ！」

放たれた雷魔法は真っ直ぐにロックラビットへと飛んでいき、

「っっっ!!!」

雷魔法の直撃を受けたロックラビットは黒焦げとなってピクリとも動かなくなる。

「す、凄い……」

イルナは呆然としていた。

俺も呆然としていた。

実はちょっと魔力をセーブしたはずなんだけど……それであの威力かよ。

しばらくすると、ロックラビットの全身が光に包まれた。と、

ポン。

軽妙な音と共に、ロックラビットはその姿を小さな木製の宝箱に変えた。

「や、やった！」

パーティーを組んで初めてのモンスター討伐に、俺は思わず声をあげた。自分が体を動かし、実際に剣で攻撃を叩き込んで倒した……なんていうか、凄い達成感だ。

「やったわね！」

「あ、ああ！」

駆け寄ってきたイルナとハイタッチを交わし、互いに勝利を喜び合った。

「さすがは三種の神器……凄い力だよ」

「何言っているのよ。それを扱ったのはフォルトなんだから、これは立派なフォルトの実力よ。パパも言っていたじゃない。もっと自信持ちなさいよ！」

バシバシと背中を叩かれながら、イルナにそう励まされる。

なんていうか……いいな、こういう流れ。

「早速宝箱を開けましょう！」

感慨にふけっていた俺は、その無邪気な声でハッと我に返る。

「さて、解錠レベルはいくつかしら」

そう言って、イルナはアイテム袋から何かを取り出す。それを、左目に装着して準備は完了。

――って、片眼鏡(モノクル)？

「……似合うな」

「え？　あ、ありがとう……」

思わず漏れた俺の本音を耳にしたイルナは顔を赤くしていた。

……予想外の反応だ。

「そ、それで、そのアイテムってどう使うんだ？」

誤魔化(ごまか)すように、さもさっきまでの流れがなかったかのように振る舞う俺に、イルナもしっかりと合わせて、

「あっ、えっ、えっと、これは宝箱のレベルをチェックできるアイテムなの！　冒険者の必須アイテムなんだから覚えておいて！」

「な、なるほどね！　それで宝箱の査定をしているわけか！」

「そうなの！」

俺たちは恥ずかしさを打ち消すように声を張って喋(しゃべ)った。俺もそうだが、イルナもそういう空気に慣れていないようだ。

特にイルナの方はそんな空気が気恥ずかしいのか、さっさとレベル計測を開始。

「それで、宝箱のレベルはいくつだった？」

「解錠レベルは8ね」

そう言うと、イルナは左手の掌に宝箱を乗せ、それを俺に差し出す。

「出番よ——解錠士」

「！　お、おう！」

ここからは解錠士の仕事だ。

俺は腰につけたキーベルトから地底湖で入手した鍵を取り出すと、そこへ魔力を込めていく。

鍵は徐々に淡い光を生み出し、宝箱を包み込んでいき、そして——「カチャッ」という音を立てて小さな宝箱は開いた。

気になるその中身は……指輪？

あまり高価じゃなさそうだが、念のためカタログで確認してみると、

※※※※※※※※※※※※※※※※※※※※

アイテム名　【竜の瞳】

希少度　【★★★☆☆☆☆☆☆】

解錠レベル　【60】

平均相場価格　【10万〜12万ドール】

詳細　【目的地を登録すると、その場所へ一瞬にして移動することができる】

※※※※※※※※※※※※※※※※※※※※※※

「嘘っ⁉」

「えっ⁉　何⁉　どうしたの⁉」

「竜の瞳って、これパパが欲しがっていたヤツよ！」

リカルドさんが欲しがっていたアイテム？

希少度はそれほど高くはないが、有用性があるってわけか。

ただ、低いとはいえ★４のアイテム……それが、解錠レベル８の宝箱から出てくるなんて。

「解錠レベルが低い宝箱からこんな凄いアイテムが出るなんて……」

「あら、知らなかったの？　解錠レベルが低いからって、必ずしもダメなアイテムってわけじゃないのよ？」

「そ、そうなのか？」

レックスのパーティーにいた時は、そんなこと教えてもらえなかったな。

……ただ単にレックスも知らなかったんだろうな。

「まあ、かなり低確率ではあるけど、今日は当たり日らしいし、その影響かもね。とにかく、初めての討伐は大成功に違いないわ！」

俺とイルナは再び「イエーイ」とハイタッチを交わす。

いろいろとあったけど、こうして俺たちたったふたりの新生パーティーは、初勝利と初報酬をダブルゲットしたのであった。

「さあ、この調子で次に行くわよ！」

「そうだな！　――って、あれ？」

「？　どうかしたの？」

「いや……あんなところに木なんてあったかなって」

意気揚々と次なる宝箱を探しだそうとした俺たちの前に現れたのは、不自然に生えた一本の木だった。さらに不自然な現象が発生する。

「あの木……なんかこっちへ近づいてきてないか？」

「言われてみれば」

イルナも気づいたようで、すぐに戦闘態勢に移る。

続いて俺も龍声剣を構える。

その木はやはりモンスターだった。幹の部分に目と口がくっついている木人――ウッドマンだ。

ウッドマンは大口を開けて突進してくるが、俺たちはまったく動じない。だって、相手は木がそのままモンスター化したヤツだ。さっきのロックラビットに比べたら、あまり脅威に感じなかった。大きさも大人くらいだし。

「イルナ、あいつはレアモンスターなのか？」

「全然。ただの雑魚モンスターよ。ハッキリ言って、ロックラビットより遙(はる)かに格下よ」

即答された。

ともかく、向かってくるなら相手になる。

ここはひとつ、新魔法の試し撃ちといこうか。

「今度は炎属性だ」

まあ、絶対弱点はこれだろう。案の定、俺の魔法を食らい、火だるまとなったウッドマン。しばらくのたうち回った挙げ句に事切れて、その姿を宝箱へと変えた。

出現したのは青色の小さな木製の宝箱。

「今度は色付きの宝箱ね」

「確か、色で期待度が違うんだよね？」

「その通りよ」

宝箱の中身については、解錠レベルの他に色や大きさ、さらに宝箱の材質で期待度を予測できる。順番としては、

【虹】＞【金】＞【銀】＞【銅】＞【赤】＞【黒】＞【緑】＞【黄】＞【青】＞【白】

といった感じ。

今回は青色で大きさもやや小ぶり。なので、それほど過度な期待はできないな。

あとは解錠レベルだが……ちょっと期待できないな。

「それじゃあ、解錠レベルを確認するわ」

説明を終えたイルナが片眼鏡を使って解錠レベルを確認する。……やっぱり良く似合っているな。

「解錠レベルは3よ」

案の定低かった。まあ、ロックラビットよりも遥か格下って話だし、無理もないな。早速鍵を使って中身を確認すると、

「うわっ……やっぱりハズレだったよ」

俺は落胆の声を漏らす。

入っていたのは干からびている木の根っこ……誰がどう見てもハズレだ。

と、その時、

「いえ……ちょっと待って！」

イルナが何かに気づき、カタログを用意しだした。そして、ドロップした宝箱に入っていたアイテムの詳細を調べると、

「あ、や、やっぱり！　ほら！」

「へっ？　――っ⁉」

そこに載せられていた説明文を読んで、俺は驚きに声を失った。

※※※※※※※※※※※※※※※※※※※※※※

アイテム名　【聖樹の根】
希少度　【★★★★★☆☆☆】
解錠レベル　【472】
平均相場価格　【300万～400万ドル】
詳細　【口にするとあらゆる呪いを無効化できる】

※※※※※※※※※※※※※※※※※※※※※※

その相場価格と詳細を見たら震えてきた。

それから、ドロップした宝箱に目を移し、

「解錠レベル3だったのに……というか、また低い解錠レベルの宝箱から、高解錠レベルのとんでもないお宝が……」

「やっぱり、あなたはパパの言う通り、お宝に愛された存在なのかもね。もしくは解錠スキルの他にそうしたスキルを持っているのかも」

「そ、そうなのかな……？」

これまで、どちらかというと不運よりの人生だったからなぁ。その反動って可能性もありそうだ。

とにもかくにも、幸先のいいスタートを切った俺たちは、さらにその芝生地帯でモンスター狩りを行った。

しかし、その後はどうにもさっぱりな結果ばかり。

モンスターとは遭遇するし、倒すと宝箱をドロップするが、中身は薬草だったり食用の木の実だったり低価値の物ばかり。

ただ、本来はこれくらいが当たり前なのだ。

なんと言っても、ここは初心者用ダンジョンのグリーン・ガーデン。そんな簡単に希少度の高いアイテムがドロップするというなら、今頃熟練の冒険者たちで溢れかえっているだろう。

ちなみに、先ほど入手した竜の瞳と聖樹の根のふたつは売らずに取っておくことにした。

宝箱からは低確率で、呪術の素なるものが出ることもあるらしく、この先、呪術使いと戦闘に発展する可能性も考慮しての判断だった。

結局、それ以降は不発が続いたので、今日のところはこれで引きあげようと決め、俺たちは元来た道をたどってダンジョンから出ることにした。

「竜の瞳にこのダンジョンの場所を覚えさせてあるから、すぐに外へ出られるわよ」

「ああ。……しかし、後半はレアモンスターに会えなくて残念だったよ」

「いいじゃない。というか、初ダンジョンで竜の瞳と聖樹の根をダブルゲットしたのよ？　それ以上はいくらなんでも高望みよ」

「それもそうだね」

俺たちは笑い合って、帰路を進む。

その時、遠くから何やら声がした。

だんだんとこちらへ近づいてくるぞ。

「「「助けてくれぇ!!」」」

やがて、それは悲鳴であることが分かった。

「フォルト！」

「ああ！」

誰かが助けを求めていると分かった途端、俺たちは帰路を外れて声のした方向へと走りだした。

声の主たちはすぐに見つかる。

「あそこよ、フォルト！」

イルナの指差す先には、逃げ惑う五人の冒険者がいた。どうやら、パーティーを組んでいるらしい。全員の年齢が俺たちよりも少し上くらいのところを見ると、結成間もないパーティーなのだろう。

しかし……なんだか違和感を覚える。

「あの人たち……何から逃げているんだ？」

そう。

明らかに「何か」から逃げている五人だが、その「何か」の姿がどこにもなかった。

「幻覚でも見ているのかしら？　そういうトラップもあるらしいけど……」

首を傾げる俺とイルナ。

――だが、ついに彼らを追い回していた「何か」が姿を現す。

「グガァッ！」

突如、地中から巨大なサメ型のモンスターが飛びあがり、ひと吠（ほ）えして再び地面の中へ潜っていった。よく見ると、モンスターの背びれだけが地面から出ている。

「な、なんだ、今の!?」

「ツリーシャークよ！」

イルナがモンスターの名を叫ぶ。

ツリーシャーク……確かに、あのモンスターの体はまるで大木を削って作ったような感じだ。

「あいつは前に別のダンジョンでパパが討伐したけど……ここにいる他のモンスターとは段違いに強いわ！」

「なっ⁉」

確かに、ロックラビットやウッドマンと比べて明らかに狂暴そうだもんな。というか、初心者向けダンジョンになんでそんな凶悪モンスターがいるんだ？

「――なんて、考えている場合じゃないか！」

次の瞬間、俺は駆けだしていた。

同時に、龍声剣へ魔力を込める。

サメの姿をしていても、所詮は木製――だったら、対処法はウッドマンと変わらない。

「おーい！」

走りながら、追われている冒険者パーティーへ声をかける。

「黒焦げになりたくなかったら伏せるんだ！」

「えっ⁉」

「な、何だ⁉」

突然声をかけられて動揺する冒険者パーティー。

だが、俺の手にしている剣が炎をまとっているのを見ると、勝機があると感じたのか指示に従って動きを止め、頭を伏せた。

それを確認すると、俺は襲い来るツリーシャークの前に立ちふさがる。そして、左腕に装着した破邪の盾を発動させた。途端に、腕輪から大きな盾へと形状を変えてツリーシャークの牙を弾(はじ)き返す。

大きく体勢を崩したその瞬間を見逃さず、今度は龍声剣を構えた。

「とどめだっ！」

龍声剣にまとわせた炎は、ツリーシャークへ向かって矢のように鋭く伸びていく。完璧に直撃コース——だと思ったが、敵は慌ててさっき自分で掘った穴へと逃げ込み、この攻撃を回避した。

「あっ⁉」

予想外の動きに、剣を振る手が止まる。

それを見透かしたかのように、地中から俺の背後へ回ったツリーシャークが地上に飛びだしてきた。その鋭い牙は俺に向けられている。

「くっ⁉」

俺は咄嗟(とっさ)に攻撃をかわして反撃体勢に移るも、すでにツリーシャークの姿はない。再び地中へ潜ったのだ。

……逃げたというわけではない。

地中を移動しながら、俺たちを仕留めようと機を窺っている。

俺だけならまだしも、ヤツの狙いには最初の標的でもあり、足がすくんで動けなくなっている冒険者たちも含まれている。

むしろ、動きが鈍くなっているあっちを狙ってくるか？

「フォルト！　加勢するわ！」

イルナが合流し、これでこちらの戦力は万全。

そう思った直後、再びツリーシャークが地上へと姿を現す。

狙いは──やはり動けない冒険者たちの方だ。

「今度こそ丸焼きにしてやる！」

地面を抉り、大きな口を開けて冒険者たちへ襲い掛かる前に、こちらから炎魔法を仕掛ける。

だが、今回も直撃寸前で地中へと潜られてしまった。

「くそっ！　また外した！」

あとちょっとで当たるというところで地中へと潜るツリーシャークに、だんだん苛立ちが募ってくる。

「すばしっこい敵ね！」

「これじゃあ埒があかないぞ……」

もしかしたら、敵の真の狙いはここにあるのかもしれない。

俺たちが疲弊しきったところで丸呑み……このままだとそうなりかねないぞ。

何か弱点はないのか？

——弱点？

ふと、俺は以前耳にしたある冒険者の話を思い出した。

サメの鼻柱には神経が集中していて、襲われた際にはそこを殴れってことだったはず。

ただ、それは海にいるサメの話だったが、今戦っている木製のサメも同様の身体構造をしているかどうかは分からない。だが、今の煮詰まった現状を打開するには試す価値ありだな。

「イルナ！」

「な、何？」

「俺が囮になってツリーシャークを地面から引っ張り出すから、その隙をついてヤツの鼻っ面を思いっきりぶん殴ってくれ！」

「は、鼻？　なんでまたそんなところを？」

「説明している暇はない！　頼んだぞ！」

鼻を打て、という至極シンプルな指示だけイルナに与えて、俺はツリーシャーク目がけて走り出す。

木製の背びれが真っ直ぐこちらに向かってきて、五メートルほどまで接近。

ツリーシャークはその巨体を地中から完全に出し、俺を呑み込もうと飛び込んでくる。

「フォルト⁉」

イルナの悲鳴が聞こえる。

――けど、これは想定内だ。

俺はすんでのところで回避。

丸呑みする気満々だったツリーシャークは、空振りしたことで体勢を崩し、地中へ逃れる機を失う。

「今だ！」

「ええ！」

その隙をついて、イルナが渾身（こんしん）の一撃をツリーシャークの鼻っ面目がけて放った。

「ゲガァッ！」

空中で悶（もだ）え苦しむツリーシャークはそのまま落下して地面に激突。しばらくは浜に打ち上げられた魚みたいにビチビチと跳ねていたが、やがて動かなくなり、その姿を宝箱へと変化させた。一丁上がりだ。

「ようやく倒せたな」

「ねぇねぇ！　今のコンビネーション良くなかった？」

「ああ、息もピッタリだったよ」

「まさかここでツリーシャークなんて大物と出くわすなんて思ってもみなかったけど……結構やれるわね、あたしたち！」

俺たちが今日三度目のハイタッチで勝利の喜びを分かち合っていると、襲われていた冒険者たちが声をかけてきた。

「ありがとう、助かったよ！」

リーダーと思われる男性が、俺たちのもとへとやってきて深々と頭を下げた。後ろにいる四人の仲間も、次々にお礼の言葉を述べると、次にリーダー格の男性はシュミットと名乗った。そこから交互に自己紹介をしていく流れとなる。

それにしても、人からここまでストレートに感謝の言葉を贈られたのって、ミルフィ以外だと初めてかもしれない……なんかちょっと泣けてきたよ。

「あなたたちはどこかのパーティーに所属しているの？　それとも新しく独立したパーティーなのかしら？」

「俺たちは月影というパーティーの新入りなんだ」

「月影って……最近Aランクになったばかりのパーティーね」

俺も聞いたことがある。

結成間もないが、勢いのある新進気鋭の冒険者パーティーで、何より特徴的なのはリーダーが女性というところだ。

「君たちもどこかのパーティーに入っているのか？」

「あたしたちは……霧の旅団よ」

「「「き、霧の旅団⁉」」」

ドヤ顔で言うイルナに驚く冒険者たち。

改めて、Sランクパーティーの知名度の高さを知ったな。

「道理で強いわけだ……その若さで、もう百戦錬磨というわけか」

「あ、いや、俺は今日が初めてのダンジョンです」

「「「なっ⁉」」」

また驚かれた。

厳密に言うと、ダンジョン自体に足を踏み入れるのは二度目だが、探索目的で入るのはこれが初めてである。

「さすがはSランクパーティー……霧の旅団、恐るべし！」

シュミットさんが叫び、それに他の仲間たちが頷く。とりあえず、パーティーの格は守れたかな？

「――ん？」

その時、ふとツリーシャークがドロップした宝箱が目に入る。

その宝箱はこれまでに見たことがない柄つきのものだった。

「この宝箱の柄って……」

「チェック柄の宝箱ね。なかなかレアな代物よ！」

興奮気味に宝箱へ近づいたのはイルナだった。

「この柄の宝箱には特有の利点があるのよねぇ」

「チェック柄だとどんな利点があるんだ？」

「開けてみれば分かるわよ。ちなみに解錠レベルは59ね」

いつの間にかモノクルを装着してレベルを調べていたイルナ。

まあまあ高いのな。

「す、凄い、解錠レベル59なんて……」

「だが、これを開けられるのは上位クラスの解錠士だな」

「しかもチェック柄ってなると、かなりの高額報酬を要求されるぞ」

色めき立つ月影の若手冒険者たち。

……三種の神器を装備しているせいもあってか、感覚がマヒしているな。普通なら解錠レベル59となればかなりの高レベルだ。さっき向こうのメンバーのひとりが言ったように、上位クラスの解錠士に依頼しなければならないだろう。

ただ、俺にはこの女神の鍵がある。

解錠レベル三桁の宝箱も開けられる鍵が。

ともかく、イルナの言っていたチェック柄の宝箱の利点とやらを知るため、早速開けてみた。

「おおっ⁉　アイテムが二つ入ってるぞ！」

ひとつの宝箱にふたつのアイテム。

なるほど、これがチェック柄宝箱特有の利点ってヤツか。

中でも俺が気になったのは、宝箱の中で輝く光の球。

「な、なんだ？」

「凄いじゃない！　魔法の素（もと）よ！」

「これが……魔法の素……」

聞いたことはある。

人が魔法を覚えるためには、宝箱からドロップする魔法の素を使わなくてはならない。

それ以外にも、例えば俺が手に入れた龍声剣のように、特定のアイテムを装備することで使えるようにもなるらしいが、それは一般的な方法ではないらしい。

その魔法の素の色は白。

「色が白っていうことは……無属性か」

「そのようね」

イルナはカタログに目を通し、さらに詳しい情報を調べた。

※※※※※※※※※※※※※※※※※※※※※

アイテム名【魔法の素《無属性》・Eランク】
希少度【★★☆☆☆】
解錠レベル【27】
平均相場価格【1万~5万ドール】
詳細【使用することにより、Eランクの無属性魔法《ヒーリス》を取得可能】

※※※※※※※※※※※※※※※※※※※※※

「ヒーリス?」

「回復魔法ね」

回復魔法、か……これまた戦闘には欠かせない魔法だな。

　ちなみに、人にはそれぞれ生まれ持った魔法属性というものがある。

　例えば、イルナは風属性。

　炎属性も覚えようと思えばできないこともないが、威力は落ちるし魔力は余計に食うといいとこなし。そのため、自分の属性にあった魔法の素を選ぶ必要がある。稀(まれ)に、ひとりで複数の属性持ちの者もいるらしい。

　また、俺みたいに武器自体が魔法を覚えるものであるならば、複数の魔法属性を持つことが可能となる。

　その中でも、無属性魔法に関しては、誰でも覚えられるという利点がある一方、このヒーリスの希少度で示された通り、あまり高価ではないのだ。イルナ曰(いわ)く、一説には魔法の素がドロップした際の約半分がこの無属性魔法らしい。

　希少度はともかく、今の俺たちにとってはありがたい魔法だ。

「回復なら薬草もあるし、こいつは売っても――」

「いいかな」と言い切る前に、手にしていた龍声剣が強い光を放った。

　そして、目の前にあった魔法の素を剣へ取り込んだのだ。

「「えっ⁉」」

　まさに魔法の素を食らうって感じで、俺とイルナは思わず声をあげた。

「なんだか、魔法の素を食べているって感じだったわね」

「あ、ああ……でも、分かるよ。これで龍声剣はヒーリスを使えるようになった」

なるほどね。

こうやって龍声剣を強化していけるのか。

これからも宝箱から魔法の素を入手したら、同じように龍声剣へ取り込んでいくとしよう。もちろん、それが風属性ならイルナと相談だ。

さて、何が入っているかな。

チェック柄の宝箱を覗き込み、もうひとつのアイテムをカタログで調べる。

※※※※※※※※※※※※※※※※※※※※

アイテム名　【聖女の拳】
希少度　【★★★★★★★☆】
解錠レベル　【873】
平均相場価格　【測定不能】
詳細　【装着した拳によるダメージを大幅にアップさせる】

※※※※※※※※※※※※※※※※※※※※

「うおっ⁉」

「超レアアイテムじゃない！」

ここでまさかの★9の超高額アイテム。

しかもこれ、形状は完全にナックルダスターだ。

「ね、ねぇ、フォルト……」

「分かっているよ、イルナ。これは君が装備してくれ」

「！　あ、ありがとう！　絶対にこの武器を生かしてみせるわ！」

嬉しそうに装着するイルナ。

うん。

やっぱりイルナにはナックルダスターが似合う。

……女子に対して抱く感想じゃないな。

とにかく、これでチェック柄の宝箱から出現したアイテムは回収できた。

——と、さっきからやけに静かだと思ったら、月影の若手さんたちが口をポカンと開けながら呆然と立ち尽くしていた。

「あ、あの、どうかしました？」

「いやいやいやいやいや！」

ハッと意識を取り戻したシュミットさんたちが、俺へと迫る。

「き、君は解錠士だったのか⁉」

「しかも解錠レベル59の宝箱を開けられるほどの実力者だったのか⁉」

「も、もしかして、王宮解錠士（ロイヤル・アンロッカー）なのか⁉」

怒濤（どとう）の勢いで質問攻めを食らう。

なんとかみんなを落ち着かせて質問に答えていくが……いつまで経（た）っても興奮冷めやらず。

とりあえず、一緒に出口へ向かうことになったのだが、その間も俺はシュミットさんたちから質問攻めに遭ったのだった。

グリーン・ガーデンを出て、若手冒険者のシュミットさんたちと別れた俺たちは、戦果である竜の瞳と聖樹の根、そして聖女の拳を手土産に宿屋へと向かった。
シュミットさんたちは俺たちの戦果を見て、「我々も負けていられないな！」と奮起していた。
それは俺たちも同じだ。

霧の旅団の一員として、もっと実績を積まないとな。

宿屋に入ると、ロビーにはリーダーのリカルドさんがいた。どうやら、向こうもついさっき戻ってきたばかりのようだ。

「よぉ、いいタイミングだな。他のヤツらは食堂で盛り上がっているよ。そこで今日の戦果を聞こうじゃないか」

「まだ夕食には早いんじゃないの？」

「飯を食いたくなった時に食う。それがうちのしきたりだ」

「そんなの初めて聞いたんだけど？」

すっかりお馴染みとなった親子のやり取り。

それが終わると食堂へ移動し、空いている席へ座ると、早速リカルドさんの視線が俺に向けられる。

「で、どうだった？　初めてのダンジョンは？」

「あっ、えっと……」

「お？　なんだ？　成果があったのか？」

俺がリュックから本日の収穫を取り出そうとすると、他のメンバーも集まって来た。二番隊隊長を務めるエリオットさんによると、みんな俺のことを気にかけてくれていたらしい。

……新入りの俺をそこまで気にかけてくれていたなんて、前のパーティーじゃあり得なかったことだ。

「勿体(もったい)ぶっていないで早く見せてくれよ」

「あ、は、はい。これです」

メンバーのひとりにせっつかれる形で、俺は今日最大の戦果である竜の瞳を取り出す。

その瞬間、ワッと歓声があがった。

「おまえこれ、竜の瞳じゃないか！」

「え、ええ、なんとか運よくドロップしました」

「運よくって……運とかのレベルでどうこうなる物じゃねぇぞ？」

「しかし、買おうと思って気軽に手に入る物でもないぞ？」

なんだか騒然としてきたな。

すると、ひと際大きな笑い声が店内に響き渡った。リカルドさんの声だ。

「いいじゃねぇか。強いヒキを持っているヤツっていうのは、そういうもんさ。自分の意思とは関係なく、お宝の方からホイホイと出向いてくる。やっぱり君を誘って正解だったな！」

リカルドさんは席を立ち、俺の前に立つとポンと優しく肩を叩いた。

「これからも期待しているぞ、フォルト」

「！　は、はい！」

必要とされている。

それを強く実感させてくれる言葉と眼差(まなざ)しだった。

それから、リカルドさんの「今日は俺の奢(おご)りだ！　飲んで食って騒げ！」という言葉をきっかけに大宴会へと発展。ついにはパーティーと関係ない一般客まで巻き込んでの大騒ぎになっていた。

店側に迷惑になると忠告しようとしたイルナだったが、宴会の中心に宿屋の主もいたため、あきらめた様子だった。

「ふぅ……」

俺は一旦喧騒(けんそう)から離れようと外へ出て、夜風に当たっていた。

ここでこうしていると、まだちょっと信じられないな。俺があの霧の旅団の一員になったなんて。

すると、そこへ、

「ああ、もう！　酔っ払いの相手なんてしていられないわよ！」

怒りながらイルナも出てきた。

「お疲れ様、イルナ」

「はあ……毎度のことながら疲れるわぁ」

「毎度なんだ……」

レックスたちはこんな騒がなかったからな。

初参加の俺はとても新鮮な気持ちだったけど……さすがに毎回だったらちょっと疲れるかもな。前に出てワーワーと騒ぐタイプじゃないし。

「……あ、あのさ」

ぼんやりとそんなことを考えていたら、イルナが真面目な顔でこちらを見つめていた。

「明日も頑張ろうね、ダンジョン攻略」

「うん。まあ、今日みたいなラッキーはそう続かないと思うけど」

「……どうだろう。ほら、あなたって凄く運が強そうだし」

「そうかなぁ」

「きっとそうよ。――ほら」

イルナは拳を作って、それを俺に向ける。

「これはうちのチームの決まりごとのひとつで、拳を軽く打ちつけ合うのよ。お互いの健闘を祈るために」

「な、なるほど」

「……もしかして、殴ると思った？」

「ま、まさか！」

ちょっとだけそう思ったのは内緒だ。

ともかく、意図を理解し、俺も拳を作ってコツンと軽くぶつけ合う。

……なんだろう。

不思議と明日もうまくいくかもって気になってきた。

よぉし、明日も頑張るぞ！

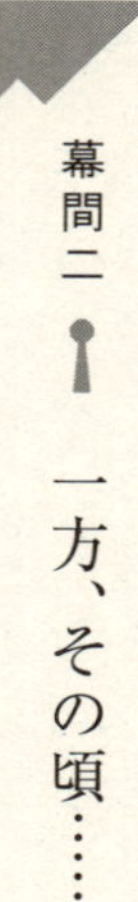

幕間二　一方、その頃……

なんとかレックスたちをまくことに成功したミルフィは彼らがフォルトを見捨てたというダンジョンへとやってきた。

緊急事態であったため、お金などの持ち合わせが少なく、アイテムを揃(そろ)えきることができなかったが、それでもミルフィはダンジョンへと進んだ。

「フォルト……」

思い出されるのは、ここまで一緒に頑張ってきた幼馴染(おさななじ)みの顔。

いつも前向きで、どんな仕打ちにも耐え、いつかふたりで冒険ができるその日までと、ずっと努力を重ねてきたフォルト。

そんなフォルトが死んだ。

ミルフィにとって、それはとても受け入れられることではなかった。

きっと生きているはず。

そう信じて、レックスたちのもとを離れ、フォルトを捜すべくこのダンジョンに足を踏み入れたのだ。

しかし、フォルト捜索は難航した。

まず、レックスたちがフォルトを見捨てた場所を特定することができなかった。しかも単独で、尚且つ装備も不十分という状況での行動だったため、捜索範囲が狭くなるという悪条件だった。

むやみやたらに捜し回るのは得策でないと悟ったミルフィは、一旦捜索をやめ、聞き込みを中心に行い、情報を集めた。

だが、現場を目撃した者が見つからず、空振りに終わる。

「やっぱり……足で捜すしかないのかしら……」

額の汗を腕で拭いながら呟く。

さらに奥へ進もうか悩んでいると、背後からふたりの男の声がした。

「おい、あの女！」

「ああ、間違いねぇ！」

その声は、明らかにミルフィへと向けられている。

振り返ると、冒険者ふたりがこちらを指差していた。

「レックスんとこを脱走したってメンバーに違いない」

「そうみたいだな。……ツイてるぜ。あいつをレックスのもとへ連れていけば報酬がもらえるぞ」

どうやら、レックスはこの町の冒険者たちにミルフィを見つけ次第自分のもとへ連れて来るよう伝えていたらしい。しかも、どうせ払う気などないくせに、懸賞金までつけていたようだ。

「おいおいおい、しかもなかなかいい女じゃねぇか。こいつは受け渡す前に少し楽しませてもらうとしよう」

「へっへっへっ、賛成だ」

下卑た笑みを浮かべながら近づく男ふたり。

ミルフィは護身用に持っていたナイフを手にする。

しかし、本来は回復士(ヒーラー)であるミルフィには単独での戦闘の心得がない。戦場では基本的に後方支援というポジションであったから無理もなかった。

それでも、このまま男たちの手に落ちるわけにはいかないと最後まで徹底抗戦する構えを見せていた。

そんなミルフィと男たちの間に、第三の存在が介入する。

「男複数でひとりの女の子を囲むなんて……随分な下衆がいたものね」

現れたのは黒髪で低い声をした女性。

——ただ、人間ではない。

犬耳と尻尾のついた、狼（おおかみ）の獣人族であった。

「念のため残ってよかったわ。まさかこんな最低な現場に居合わすなんて」

「なんだぁ、てめぇは！」

「！　お、おい！　あいつは――」

男のひとりが女の正体に気づいて震えだす。

「あいつは喰（く）いちぎりのアンヌだ！」

そう叫んだ直後、女性――喰いちぎりのアンヌの目つきがより鋭さを増す。明らかに怒っていた。

「その名で呼ばれるのは好きじゃないの」

「ほぉ……」

男のひとりが、手に武器を持つ。

「Sランクパーティーの幹部クラスとはいえ、今はたったひとり……俺たちふたりでやっちまおうぜ」

「！　そ、そうだな。二対一なら勝てるかもしれねぇ」

男ふたりはジリジリとアンヌの両サイドへ回り、挟み込んだ。

「「おらあ！」」

アンヌへ同時攻撃を仕掛ける男ふたり。

逃げ場はないように見えたが——それはあくまでも人間の物差しで測った場合。獣人族の中でも特に身体能力が高いとされる狼のアンヌにとって、男たちの動きはあくびが出るほどの遅さであった。

「その程度で私を仕留めようとしていたなんて……」

呆れたように言い放つと、アンヌは踊るように男たちの攻撃をかわし、それぞれにカウンターを叩き込む。

「ぶごっ⁉」

「がはっ⁉」

その衝撃に、男たちは間抜けな声を漏らしながら吹っ飛んだ。

「次はその腹立たしい異名に従って、あんたたちの首根っこを喰いちぎってあげましょうか？」

「「ひいっ⁉」」

アンヌに睨みつけられた男たちは情けない悲鳴をあげると、腰が抜けたのか、その場を這うようにして逃げていった。

「情けない男ね」

ため息を漏らしながらアンヌはそう呟くと、ミルフィへと向き直る。

「大丈夫？　ケガはない？」

「あ、は、はい。平気です」

「そう。ならよかった。あっ、私の名前は――って、さっきの男たちが言っていたからその必要はないかしら」

「ア、アンヌさんですよね？　私はミルフィです。よろしくお願いします」

「よろしく、ミルフィ。それにしても、こんなところで何をしていたの？　見たところ冒険者のようだけど……あなたくらいの年の子がひとりで来るには危険よ？」

「じ、実は……人を捜していて」

「人捜し？　名前は？」

「フォルト・ガードナーという、私と同い年の男の子です」

「フォルト!?」

驚きのあまり、アンヌは思わず大声をあげた。

その反応に、ミルフィが食いつく。

「知っているんですか、フォルトを！」

「え、ええ。彼ならつい先日、うちのパーティーに入ったわ」

「パ、パーティー!?　……ちなみに、なんていう名前なんですか？」

「霧の旅団よ」

「ええええええええええええええええええええええっっっ!?」

　今度はミルフィが大声で驚く。

　メンバーであるアンヌの存在は知らなかったが、霧の旅団の名前は知っていた。

「き、霧の旅団って、あのSランクパーティーの!?」

「そうよ。……私たちも結構有名になったのね」

「有名どころの騒ぎじゃないですよ！　な、なんでフォルトが霧の旅団に……」

「いろいろあったのよ。うちにとっても、それまで専属でやってくれていたベテランの解錠士(アンロッカー)が引退して後釜を探していたところだったし、タイミングがよかったのよ」

「解錠士？」

　ミルフィは首を傾(かし)げた。

　冒険者である彼女はパーティーにおける解錠士の重要性をよく理解していた。だから、霧の旅団が新しい解錠士を探しているという理由はよく分かる。

　しかし、その後釜がフォルトというのが疑問だ。

「あ、あの……アンヌさん」

「何かしら？」

「フォルトのことなんですが……解錠士というのは何かの間違いではないですか？」

「あら、そうなの？　私は彼が解錠士で、このダンジョンの地底湖にある宝箱から三種の神器を持ち帰ったって聞いているけど……」

それはまさしく、レックスたちが探し求めていたアイテムの名前だった。

「三種の神器……」

「……あの、アンヌさんはこれからパーティーに合流するんですよね？」

「ええ、そのつもりよ」

「でしたら──私も連れて行ってください！」

「ミルフィ……」

瞳を涙で濡らしながら、ミルフィは必死に訴えた。

「…………」

ミルフィの想いが本気であると察したアンヌは「ふぅ」と息を吐いて答えを告げる。

「ここで会ったのも何かの縁ね。──いいわ。ついてきなさい」

「！　あ、ありがとうございます！」

笑顔を見せ、深々と頭を下げるミルフィ。

こうして、ミルフィのフォルトを捜す旅は大きな前進を見せたのだった。

第三章　灼熱のダンジョン——バーニング・バレー

大きな成果を得た初めてのダンジョン探索から一夜が明けた。

この日から、リカルドさんたちは領主からの依頼をこなすため、一週間ほどダンジョンに潜るという。

「ず、随分と長いですね」

「これくらい普通の日数さ」

さすがはSランクパーティー……レックスたちのパーティーはそんな長期間ダンジョンに挑むなんてしなかったな。

「領主殿の依頼内容は、新しく発見されたダンジョンの調査で、その調査の日が明日からと先日の王国議会で決まったそうだ。俺たちは昨日、その報告を受けたのさ」

エリオットさんが補足情報を伝えてくれた。

リカルドさんって、その辺は大雑把（おおざっぱ）だからなぁ。

人は見かけによらないとは言うが、リカルドさんの場合は見た目と中身がバッチリ嚙（か）み合っている。まさに豪快そのものって感じの人だ。

「それよりも、アンヌの到着が遅れているという点が気がかりです。やはり、俺が残るべきだったような……」

「確かに、あいつは超ド級の方向音痴だが、さすがにここまでは一本道だから迷うはずがないだろう。それに、今回の交渉ではどうしてもおまえの力が必要だったからな」

何やら話し込んでいるリカルドさんとエリオットさん。

……って、よく考えたら、誰も足を踏み入れたことのないダンジョンの調査を依頼されるってめちゃくちゃ凄いことじゃないか？　そこはさすがSランクパーティーと言ったところか。

「君たちふたりは今日もしっかり修行に励めよ！」

「はい！」

「当然よ！」

「あっ！　そうだ！」

宿屋を出る直前、何かを思い出したのか、リカルドさんがそう短く叫んでこちらへと振り返る。

「忘れるところだった。――追加の修行メニューを言い渡すぞ」

「「追加の修行メニュー？」」

……あんまりいい予感はしない。

その予感は的中してしまう。

「俺たちが帰ってくるまでの間に、この町での拠点となる家を確保しておいてくれ」

「えぇっ⁉︎⁉︎」

い、家って……霧の旅団の拠点を俺たちが⁉︎

「そ、そんなの――」

「じゃあ、いってきます！」

反論する前にリカルドさんたちはさっさと目的地へと向かって出発。

「……どうする？」

「パパの無茶ぶりには慣れているつもりだったけど、さすがにこれは驚きね」

イルナは思いのほかサッパリしていた。

「いつもあんな感じ？」

「気まぐれで無茶ぶりをするのよ。本当にどうしようもない時はエリオットさんがツッコミを入れるわ。それがないってことは……やってやれないことはないって判断したんでしょうね」

な、なるほど。

それがこのパーティー独特の決まり事ってヤツか。

「とはいえ、拠点を決める前に一週間の離脱……痛いのは確かね」

「じゃあ……」

「とりあえず、今日はダンジョン探索を早めに切り上げて町の物件情報を集めておきましょう。気になるところがあったら、実際に見に行ってみてもいいし」

「そうだね」

しかし、あれだけの人数が暮らせる家か。

かなりの敷地が必要になるな。

前の拠点は相当デカかったし、あれを基準として考えないと。

「さて、そうと決まったら気持ちを切り替えてダンジョン探索よ。今日は新しいダンジョンへ行く予定だからそのつもりでね」

「えっ？　グリーン・ガーデンじゃないのか？」

「さすがにもうちょっとレベルが高いダンジョンに挑戦したいでしょ？」

「まあ、確かに。ちなみに、行くあてはあるの？」

「ええ。実は昨日、エリオットさんから近辺にあるダンジョンの位置を示したマップをもらっていて、そこからいい場所を見つけたの。まあ、ついてくれれば分かるわ」

そういうことか。

なんだか自信があるみたいだし、ここはイルナの案に乗っておくか。

「それで、そこはなんていうダンジョンなんだ？」

「ズバリ……灼熱のダンジョン――バーニング・バレーよ」

抜けるような青空の下、俺たちは昨日とは異なる道をたどり、新たなダンジョン――バーニング・バレーの入り口までやってきた。

グリーン・ガーデンの入り口周辺と異なり、こちらは荒地そのもの。

足元はゴツゴツしており、気をつけないと転倒しそうだ。

前回とは違い、初心者向けのダンジョンというわけじゃない。そのためか、周囲にテントを張っている冒険者たちの見た目も違っていた。なんというか……まとうオーラの質が異なる。

「さ、さすがにこっちは歴戦の勇士が揃ってるって印象だな。昨日とはまるで迫力が違うよ」

「それだけの装備をしておいてよく言うわよ」

確かに、装備だけは超Ｓ級の代物ばかりだけど……中身が伴っていない感が凄い。装備しているというより、装備させられている感がハンパじゃない。

ともかく、それを払拭するためにも、この新たな修行の場——灼熱のダンジョンことバーニング・バレーでもしっかり結果を残さないと。

「今日もお宝をたくさんゲットして、帰ってきたリカルドさんたちを驚かせよう！」

「その意気よ、フォルト！」

俺たちは互いの健闘を祈るため、昨夜と同じようにコツンと拳を合わせた。イルナの拳には昨日ゲットした聖女の拳が装備されている。今はもちろん魔力を抑えているので俺が吹っ飛ぶなんてことはない。

気を引き締めたところで、俺たちはダンジョンへと入っていく。

途中、俺たちふたりがまだ子どもの年齢であることから、周りからは好奇の目で見られた。グリーン・ガーデンは初心者向けダンジョンということもあり、シュミットさんたちのような年の近い冒険者も多かったが、ここでは間違いなく俺たちが最年少だ。

このバーニング・バレーというダンジョンだが、灼熱という異名で呼ばれるだけあり、相当暑いというのは覚悟していた——が、

「ちょっと暑すぎじゃないか……？」

コメカミから頬にかけて汗が伝い、地面に落ちる。

ダンジョンの外はちょっと肌寒いくらいの気温だったのに……周囲の岩肌も、その暑さを演出するかのように赤みが増している。

「他の冒険者もいないみたいだし……ハズレだったんじゃないか？」

「ぐぅ……」

あ。

さすがにハズレは言いすぎだったか。

――と
奥へと進むと、徐々に暑さは和らいでいった。どうやら、俺たちが通ってきた入り口付近がピークだったらしい。

「うん？　あれ？　ちょっと涼しくなった？」

「これでようやくまともに動けそうだ」

「そ、そうでしょ！　すべてあたしの計算通りよ！」

絶対に違うと思うけど……まあ、暗いままでいるよりいいか。

ともあれ、多少の熱気は残るものの、これならば問題なく動ける。

そう思った次の瞬間、俺たちの目の前を「何か」が高速で通過した。

「キーッ！」

その正体はコウモリ型のモンスターで、全身が灼熱色をしている。触っただけで大火傷しそうだ。

「ファイヤーバット！」

イルナが叫び、拳を握って構える。

ファイヤーバット。

見た目そのままの名前だな。

……待てよ。

体中が炎なら、

「俺の水魔法の出番だな」

炎は水で消せる。

ここでは水魔法が役に立ちそうだ。

「ゴアッ！」

こちらの狙いに気づいたファイヤーバットが口から火炎を放つ。

ならば、破邪の盾の出番だ。

こいつで炎攻撃を無効化してからお返しをしてやる。

「いくぞ！」

今回は矢じゃなくて龍声剣に魔力から生みだした水をまとわせると、そのままファイヤーバットへと斬りかかる。

「ギッ！」

俺の動きを察知したファイヤーバットはすぐさま上昇して攻撃を回避——だが、その動きは予測済みだ。

「残念だったわね！」

逃げた先には、ダンジョンの壁を利用して高く飛びあがったイルナが待ち構えていた。

聖女の拳から放たれる膨大な魔力。

そこから打ち込まれた強烈な一撃は、昨日まで装備していたアイテムとは桁違いの威力を生みだし、ファイヤーバットを一撃で葬り去る。

「つ、強い……」

顔面を殴られたファイヤーバットは流れ星のようなスピードで地面に叩きつけられ、あっという間にその姿を宝箱へと変化させた。

「随分とあっさり倒せたわね。ファイヤーバットといえば、昨日戦ったツリーシャークほどではないけど、強いモンスターのはずなのに」

「それだけ聖女の拳が持つ威力が大きかったってことだろ？」

「でも、あなたの水魔法による牽制があったからこそ、あたしが攻撃に集中できたってこともあるし……どうやら、ここのモンスターたちにとってあたしたちのコンビは天敵ってことになりそうね」

「だといいけどな」

ダンジョンでは油断禁物。

──けど、この調子なら、必要最低労力で敵を倒せる。

ちなみに、ファイヤーバットを倒した際に出てきた宝箱の色は黄色であり、解錠レベルは15と最初にしてはまずまずの数字。

中身は魔法の素で、初級の無属性魔法が覚えられるものだった。その無属性魔法とは移動系のものだが、俺たちにはすでに竜の瞳があるため必要なしと判断し、龍声剣の糧となってもらった。

「滑りだしは好調ね」

「ああ」

俺たちは確かな手応えを感じていた。

ここはモンスターのエンカウント率が高い上に報酬も期待できる。

穴場になるかもしれないという期待感が湧いてきた。

上々のスタートに気をよくした俺たちは、さらにダンジョンの奥へと進んでいく。

すると、新たなモンスターと遭遇する。

「うん？　あれは……」

滑らかなタマネギ型のボディ。

全身は惚れ惚れするような澄んだ青。

子どもでも倒せそうな、圧倒的弱者のオーラ。

その名も「スライム」である。

「こうして見ると、スライムって可愛いんだな。ほらほら～」

「油断しちゃダメよ！」

愛らしいフォルムに気を取られ、会敵というより愛嬌溢れる小動物との触れ合いって感覚で手を伸ばした――が、イルナのひと言でハッと我に返って手を引っ込める。それとほぼ同時に、スライムも動きを見せた。

ボゴッ！

「…………」

スライムの全身だと思っていたのは頭部で、そこから下は地面の中に埋まっていた。その埋まっていたボディっていうのが人間そっくりのつくりをしていて――これがまたビックリするくらいマッチョだった。

「出たわね！　マッスルスライム！」

冷静に敵の正体を分析するイルナ。

そのマッスルスライムさんだが、例えるなら――

「キモッ!?」

あ、これ例えになっていない。

ただの罵倒だ。

「っ！」

そんな俺の偽らざる感想を耳にしたマッスルスライムは激怒。

拳を握り、両手を大きく振り上げた。

自慢の筋肉を駆使した攻撃か――と、身構えていたが、マッスルスライムはポージングを繰り返すばかりで何もしてこない。

……まさか。

「あれが攻撃のつもりなのか？」

「知らないの？　マッスルスライムは基本アレしかしてこないわ」

そ、そうだったのか。

なら、こちらから仕掛けることに。

「魔法の特訓に付き合ってもらうとするか！」

昨日のロックラビットは雷属性の魔法で仕留めた。

なら、今日はまだ使っていない風属性にしよう。

俺は【龍声剣】を強く握り、意識を集中して魔力を練った。やがて、魔力によって生み出された風が吹き始める。

「よし。これなら――」

俺は作り出した風をマッスルスライム目がけて放つ。強力な突風に襲われたマッスルス

ライムは吹き飛ばされ、背中から岩肌がむき出しの壁に激突し、ポン、と音を立てて宝箱になった。

「なかなかの威力だな」

「な、なかなかどころじゃないわよ……」

宝箱を回収しようと思ったら、なぜかイルナは呆然としている。

「たった一撃で耐久値の高いマッスルスライムを瞬殺なんて……」

「そ、そんなに凄いのか？」

「前に戦った時は大変だったのよ？　攻撃はしてこないけど、その尋常じゃない耐久力で何度も何度もポーズを見せつけてきて……」

まあ、マッスルスライムって見た目からして頑丈そうだったけど……霧の旅団でさえ手こずるほどの耐久力だったのか。確かに、初めて使う風魔法の威力を試したくて少し魔力は多めに込めたつもりだったけど。

「魔法の素を取り込んで威力が増しているというのは間違いないようね」

「頼もしい限りだよ」

龍声剣の力が増していることを実感しつつ、俺たちは続いて宝箱のチェックへと向かった。

「む？」

マッスルスライムからドロップしたのは、ロックラビットと同じ小さな木製の宝箱だった。見た目は互角だが、一切攻撃してこないマッスルスライムと同じ宝箱とは……ちょっとロックラビットが不憫に思えてくるな。

「マッスルスライムは倒すのにやたら時間がかかるだけで誰でも倒せるの。だから、ドロップする宝箱のレア度も低いのよね。耐久力以外はからっきしだから、ダンジョン最弱モンスターって呼ぶ人もいるくらいよ」

「………」

正直、倒す意味のないモンスターだよなぁ。

ちなみに、その宝箱の解錠レベルは1で、中には数枚の葉っぱが入っていた。

こんなの、何に使うんだ？

俺が葉っぱの用途について考察していると、イルナが一枚の葉っぱを手にしてクンクンと匂いを嗅ぎだした。

「これ……香草ね」

「香草？　料理で使うアレか？」

「そのアレよ」

「価値としては？」

「一枚三ドールくらいでしょうね」

安っ！

倒しやすい敵らしいから、それだけ報酬も安いんだろう。

じゃあ、俺はその最弱モンスターに対して、あんな強力な風魔法攻撃をぶちかましたのか。そう思ったら、なんだか急に恥ずかしくなってきたぞ。偉そうに「なかなかの威力だな」とか言っちゃった数秒前の自分を殴り倒したい……。

精神的ダメージを負った俺はその場にへたり込む。

一方、香草を回収したイルナは視線の先に何かを見つける。

「あれ？」

「どうかしたか？」

「岩壁が……」

イルナの指差す先にあったのは、マッスルスライムが激突した壁だった。よく見ると、その一部が崩れていた。そこから見えているのは——

「あれは……扉か？」

崩れた壁の向こうには重厚な鉄製の扉があった。

岩壁の向こう側にあったってことは……俺が魔法でマッスルスライムをふっ飛ばさなければ、きっと誰にも見つかることはなかっただろうな。それくらい、分かりづらく設置された扉だ。

「聞いたことがあるわ」

唐突に、イルナが口を開いた。

「ダンジョンの中には、隠し部屋がいくつか存在していて、そこにはなかなか手に入らないレアアイテムが眠っている……以前、パパがそう言っていたわ」

その隠し部屋とやらの入り口が、この扉ってわけか。

「どうする？」

イルナがそう尋ねてくる。

「そんな話を聞かされたんじゃ、入るしかないだろ」

マッスルスライムからゲットしたアイテムがあまりにもショボくてがっくりしていたところだ。ここで一発逆転のお宝を入手しておきたい。

「頼むぞ……お宝来てくれ……」

そう祈りながら扉のノブに手をかけた。が、

「あれ？　回らない？」

どうやら鍵がかかっているようだ。

「何？　どうしたの？」

「この扉……鍵がかかっているみたいなんだ」

「えっ？　鍵？」

なんてこった。

せっかく見つけたっていうのに鍵がかかっているのではどうにも——

「うん？　鍵？」

まさか……いや、でも、やってみる価値はあるな。

「ね、ねぇ、フォルト」

「……分かっているよ、イルナ」

どうやらイルナもまったく同じ考えに至ったらしい。

というわけで、俺は自分の持っているあの鍵を手にする。

これも、鍵といえば鍵だ。

宝箱を開けるだけが鍵じゃない。扉を開けるのだって、立派な鍵の役目だ。

俺は地底湖で入手したあの鍵をドアに付けられた鍵穴へ近づけていく。すると、鍵は鍵穴のサイズに合わせて縮小し、またしてもピッタリとはまった。

「……これも開けられるのか」

たまらず、そんな声が漏れた。

この鍵は宝箱を開けるだけじゃなく、扉の鍵に対しても自らサイズ調整をして開けてくれる超万能アイテムだったのだ。

「その鍵……本当に便利ね」

「俺もそう思う」

短いやりとりを挟んで、俺はもう一度扉のノブに手をかけて回す。今度は抵抗なくすんなりと開けられた。

扉の向こう側はダンジョン内とは思えない綺麗な白塗りの壁で、広さはそれほどではない。宿屋でも一番安い部屋くらいか。

思ったより狭くて拍子抜けしていると、目の前にある机の上に置かれた宝箱の存在に気がついた。なぜ、部屋に入ってすぐに気づかなかったかというと、

「ち、小さいな……」

その宝箱は掌に収まるサイズだった。

偶然とはいえ、見つけにくい扉だったのにとんだ期待外れだ。

救いがあるとすれば、宝箱の色が金色と、これまでに比べて豪華ということだが……こんなに小さいのではなぁ……。

「凄いわ、フォルト！　金色の宝箱よ！」

落ち込む俺とは正反対で大興奮のイルナ。

「でも、こんなに小さいんじゃ期待できなくないか？」

「そんなことないわよ！　金の宝箱であれば、中身は最低でも十万ドール以上のアイテムが入っているはず！」

「そ、そうなのか？」

こんな掌サイズの宝箱でも、中身は最低十万ドールの代物が入っているのか。言われてみれば、宝石なんかは小さくても高価な物があるし、サイズで金額が決まるわけじゃないか。

「ちなみに解錠レベルはいくつなんだ？」

「あ、ちょっと待って——えぇっと……」

モノクルを装着したイルナは解錠レベルを調べる。

「凄い！　解錠レベルは155よ！」

「なっ⁉　155⁉」

三種の神器を除けば初の三桁だ。

「こ、こんなに早く解錠レベル三桁の宝箱を手に入れられるなんて……やっぱり、あたしたちの相性は抜群なのよ！」

大騒ぎのイルナ。

たぶん、俺もあんな非常事態でなければ、地底湖で三種の神器を見つけた時これくらい騒いでいただろうな。

まあ、ともかく、さすがは小さくても金の宝箱というわけか。

このまま放置しておくとイルナが興奮のあまり気絶してしまいそうなので、早速開けてみるとしよう。

「さて、頼むぞ」

俺はいつも通り、魔力を込めた鍵を鍵穴にセット。

自動でサイズ調整をし、くるりと回して解錠。

「？　これ……なんだ？」

小さな金の宝箱に入っていたのは四角く加工された石のようだ。宝石を使った装飾品だろうか。

「何に使うアイテムなんだ？」

俺が使い方を問うと、イルナはカクンと首を傾げた。

「あたしも初めて見るアイテムね。ちょっとカタログで調べてみるわ」

そう言って、イルナが荷物の中から取り出したのはカタログだった――けど、あれ？　なんかいつもと表紙が違うな。別物か？

「今までのカタログとは違うヤツか？」

「パパがこれを持っていけって、今朝渡してくれたのよ。ちょっと高いけど、一般的なカタログより情報量が多いの。何せ、金の宝箱」

そうだったのか。

リカルドさんには頭が上がらないな。

「そのアイテムを貸して」

言われるがまま、俺はアイテムをイルナに手渡す。受け取ったイルナは、カタログへそのアイテムをかざした。やがて、カタログは薄紫色に発光し始めたかと思うと、白紙のページに何やら文字が浮かび上がる。

「これは……」

それによると、金の宝箱から出てきたアイテムの詳細はこんな感じ。

※※※※※※※※※※※※※※※※※※※※

アイテム名　【黄金神の祝福（小）】
希少度　【★★★★★☆☆☆】
解錠レベル　【１５５】
平均相場価格　【不明】
詳細　【ドロップしたアイテムがお金の場合、獲得額が三倍になる】

※※※※※※※※※※※※※※※※※※※※

「獲得額が三倍⁉」

「ていうか、★6って！　凄いレアアイテムじゃない⁉」

俺たちは揃って大声をあげた。

「この性能なら……こいつを売るよりも、お金をドロップするモンスターを中心に狩っていった方がより儲けられるんじゃないか？」

「ええ。相場価格はすぐにでも大金が欲しい人用なのよね。うちのパーティーの場合、経済状況が逼迫しているわけじゃないから、純粋にアイテムの恩恵を受ける方が、長期的に見るといいと思うわ」

「そ、そうだな」

「お金をドロップするモンスターといったらゴールド系の敵だけど――あっ」

隠し部屋から出て、元の道に戻って来た途端、イルナの動きが止まった。何やら一点を見つめて動かない。

その視線の先にいたのは一体のモンスターだった。

「あれって……」

現れたのはさっき倒したマッスルスライム。相変わらず、こちらへ見せつけるような格好でポージングしている。

――だが、さっき倒した個体とは明らかに異なる点があった。

それは——全身が眩いくらいの金色だということ。

名付けてゴールドマッスルスライムだ。

「……さっき言っていたゴールド系って、あんなヤツ？」

「う、うん。あれはゴールドマッスルスライムね」

「じゃあ……」

「ええ……」

俺たちはすぐさま戦闘態勢に移る。

それを見たゴールドマッスルスライムのポージングに、キレが増した。

こいつ……もしかしてボコボコにされることを望んでないか？

ポージングしている金色の全身筋肉質スライムを早速ボコボコにし、宝箱をドロップさせる。こいつらはポージングしかしないから狩るのは楽だな。

さて、肝心の宝箱ドロップだが、前と同じく小さな木製の宝箱だった。しかし、中身は銅貨三枚と五十ドール硬貨が一枚。合わせて三百五十ドール——だが、俺が黄金神の祝福をズボンのポケットにしまい、宝箱から取り出そうとした瞬間、突如宝箱の中の硬貨が輝きはじめた。

「うっ！」

その輝きに驚いて、目を伏せる。

光が弱まるのを待ってから目を開けてみると、

「おおっ！　千五十ドールになってる！」

新たに銅貨七枚が宝箱の底に転がっていた。

「これが黄金神の祝福の効果か……」

「カタログの詳細な情報によると、黄金神の祝福にはサイズ違いがあって、中になると五倍。大になると十倍になるのよ」

「十倍!?　まさに一攫千金（いっかくせんきん）だな」

解錠士（アンロッカー）がなぜ強い権力を持っているのか、改めて分かった気がするよ。

「この調子でどんどん宝箱をゲットしていきましょう！」

「ああ。俄然（がぜん）ヤル気が出てきたぞ」

俺たちは興奮気味にダンジョンのさらに奥へと突撃。

結果――この日は最終的に二万五千ドールも稼ぐことができたのだった。

灼熱のダンジョン――バーニング・バレー攻略後。

外に出ると、すでに辺りは夕焼け色に染まっていた。

結局、黄金神の祝福以降はゴールド系モンスターを狩ることに集中していたため、それ以上にレアなアイテムはゲットならず。

ただ、それ以上の収穫はあったと確信している。

「いやぁ、今回もいい結果になってよかったな！」

「ええ……」

「ゴールド系モンスターの出現率も他に比べて高いみたいだし、明日もここを探索しないか？」

「それはないわね……」

「えっ？」

意外にも、イルナに反対された。

それどころかやたらテンションが低い。

気になってイルナへと視線を移すと——汗だくだった。

それもそのはずで、バーニング・バレーは奥へ潜れば潜るほど気温が上昇していったのだ。

俺たちは夢中になってゴールド系モンスターを狩っていったが、戦闘をこなすことで汗が滝のように流れだしていた。ダンジョンにいる時は夢中で気づかなかったが、緊張の糸が切れた今では汗でグッショリしているのがハッキリと分かる。

「イ、イルナ……？」

漂う重苦しい空気を振り払おうと声をかけるが、イルナは無言。それどころか、さっきよりも距離が空いているような？

「な、なぁ」

俺はイルナに近づく——が、イルナは俺を避けるように距離を取る。

「……ごめん。今は、ほら、汗が——分かるでしょ？」

「！　あ、ああ！　そうか！」

もう暑くはないのに、イルナの顔は夕陽(ゆうひ)に負けないくらい赤くなっていた。

「……物件探しは明日にしましょう。それよりも先に汗を流したいわ……」

「じゃ、じゃあ、真(ま)っ直(す)ぐ宿へ戻るか」

「ちょっと待って」

歩を速めた途端、イルナが止める。

「宿に戻る前にあそこへ行きましょう。この町に来た時から一度行ってみたいと思っていたのよ」

「？　あそこって？」

「ついてくれば分かるわ」

ここへ来て、イルナの機嫌が元に戻った。

よっぽどそこへ行くのを楽しみにしていたみたいだな。

一体どんな場所なんだろう。

「こんなところがあるとは……」

クロエルの中心部にある、あちこちから蒸気が漏れ出ている建物。

ここは誰もが利用できる公共の大浴場だった。

「ここが来てみたかった場所なのか？」

「ええ。クロエルの共同浴場は有名なのよ。エリオットさんから話を聞いてから、ずっと来たいと思っていたの」

すっかりご機嫌となったイルナと共に、共同浴場へと入る。

カウンターで受付を済ませると、更衣室で湯浴（ゆあ）み着（ぎ）へと着替える。

いつもはキーベルトに装着している鍵は、紛失すると困るので丈夫な細い縄を使い、首飾りのようにして肌身離さず持つようにした。他の貴重品に関しては魔力を使用することで施錠できる特殊な箱にしまう。原理としては宝箱と同じかな。安全性は大丈夫なのかと疑問に思ったが、その場にいた職員の話では、魔力には個人差があるため、魔力を込めた者でなければこの箱は開けられないと教わった。

ひと安心したところで、いよいよ共同浴場へと向かう。

こういった施設は、初めて利用するんだよなぁ……レックスたちは利用していたみたいだけど、俺は許されなくて、宿屋の風呂を借りていたな。本来、客は使用できない従業員用のものだったけど、宿の主のご厚意によりよく使ったっけ。

……あれ？

思い出したら涙が出てきた。

下っ端として当然みたいな流れだったけど……今にして思えば、ひどい冷遇だったんだなと思う。

と、ともかく、汗を流してサッパリしよう。

更衣室から浴場へ出ると、挨拶代わりと言わんばかりに湯けむりがお出迎え。それが少しずつ晴れていくと、共同浴場の全容が見えてきた。

「ここが……共同浴場……」

まず驚くのはその広さ。

想定していた以上に大きな空間が広がっていた。

さらに浴槽の数も十個以上ある。

どれもかなりの大きさで、のんびりまったりとくつろげそうだ。

おまけにサウナまで完備しているという。

「こんないいところがあったなんて……報酬を安定して得られるようになったら、常連になりそうだ」

「そうね。でも、最近は町の井戸の水が少なくなっているらしくて、時間を限って営業をしているそうよ。噂(うわさ)では、このままだと営業自体が難しくなってしまうみたい……」

「それは残念な…………うん？」

誰だ？

今、俺の言葉に相槌(あいづち)を打ったのは。

「どうかしたの、フォルト」

「いや、それが——って、イルナ!?」

「何よ？　幽霊でも見たような反応して」

「いやだって——あ、あれ？　他にも女性客が……」

周りをよく見まわしてみれば、イルナだけでなくあちらこちらに女性の姿が。

「も、もしかしてこの大浴場って……混浴？」

「えっ？　受付にそう書いてあったじゃない」

し、知らなかった……。

ま、まあ、男女共に湯浴み着を着用しているので、全裸というわけではないが……普段の格好より肌の露出が多いことには違いない。

もちろん、それはイルナも同様だ。普段から割と露出が多めの服を着ているが、湯浴み着となるとやはり露出は増している。

「は、恥ずかしくないんだ……」

「別に。裸じゃないし」

「っ！　だからってジロジロ見るのは禁止！」

「あ、す、すまん！」

そりゃそうだ。

思いっきりガン見したら怒られるよ。

気を取り直して、俺はイルナから共同浴場の作法を教えてもらう。

「まずは体を洗って汗を流す。湯船に浸かるのは綺麗にしてからよ」

「了解」

俺たちは並んで体を洗い、それが終わると湯船に入った。

「「んはぁ～……」」

肩まで湯に浸かると、揃ってそんな声が漏れた。

温くもなく熱くもなく、ちょうどいいお湯加減だ。

「今日一日の疲れが吹っ飛んでいくわね～」

「本当だな～」

「「ああ～」」

お風呂で体を癒やしたあとは、受付近くで売っているフルーツミルクなるドリンクを購入して飲んでみた。

「⁉　おいしい！」

「ああ……犯罪的うまさだ……」

初めての味を楽しんだところで、俺たちの一日は終了した。

共同浴場から宿屋へ戻ったが、どうにも静かだ。

――って、そりゃそうか。

リカルドさんたちは今日から新しいダンジョンの調査を行うために数日ここを空けるって話だったからな。

「すっかり忘れていたよ」

「あたしも……いろいろと報告したいことがあったのに」

とりあえず、風呂に入ったらお腹が空いたので食堂へ向かうことに。もちろん、他のメンバーはいないので俺とイルナのふたりだけだ。

「……あれ？　ていうことは――」

俺は恐るべき事実に気づく。

　ということは——俺とイルナふたりだけで夜を過ごすということになる。

「…………」

　いや、わざわざそんな意識するような言い方をしなくたっていいじゃないか。

　そりゃあ、俺だって男なわけだから、イルナのような可愛い子と一緒だってなったらテンションは上がる。

　しかし、冷静になって考えると、イルナは男ばかりのパーティーで過ごしてきたのだから、異性に対する耐性は俺よりずっとあるはずだ。きっと、この程度のことなんてなんともない日常の一コマに過ぎないのだろう。

　そう思って、視線を移動してみれば、

「〜〜〜っ！」

　まずい。

　表情で分かる……向こうも俺と同じことに気づいて凄く意識している、と。

　その後、俺たちはお互いを意識しないため、黙ったままそれぞれの部屋へと戻ったのだった。

幕間三　ふたりの旅路

レゲン大陸西部にある森林の一角。

「アンヌさん、木の実を採ってきました」

「ありがとう。こっちは釣った魚を焼いているところよ」

「わあ、おいしそうですね！」

フォルトの幼馴染みである少女・ミルフィと、霧の旅団のメンバーであるアンヌは、森の中でゲットした食材を使った料理に舌鼓を打っていた。

「お魚、とってもおいしいですね」

「あなたが取ってきてくれた木の実もおいしいよ」

楽しくおしゃべりをしながら食事を進めていくが、しばらくするとミルフィの手が止まった。

「？　どうかした？　魚の骨が喉に刺さった？」

「い、いえ……ちょっと気になったことがあって」

「何？　なんでも言ってよ」

アンヌの気さくな態度に、ミルフィは重くなっていた口をゆっくりと開いた。

「私たち……完全に迷っていますよね？」

「……………」

ミルフィの指摘に、アンヌは沈黙で応える。

フォルトが見捨てられたダンジョンでアンヌと出会ったミルフィは、アンヌから「フォルトは霧の旅団の一員となっている」という情報を得て、それから行動を共にしている。

現在、霧の旅団はゾルダン地方におり、領主であるフローレンス家から依頼されたダンジョン調査のクエストをこなしているらしい。

パーティーの主力であるアンヌも、野暮用を済ませたらすぐに合流する予定だったのだが――なぜか今は森の中でサバイバル生活を送っていた。

しばらくすると、ようやくアンヌが重くなっていた口を開く。そこから紡がれたのは否定を交えた言い訳だった。

「違うの……私が道に迷ったんじゃない……道の方が迷ったのよ」

「意味が分かりませんよ⁉」

ミルフィの予感は当たっていた。

ふたりは先行している霧の旅団を追ってゾルダン地方を目指していたのだが、気がつくと道中で道に迷い、名も知らぬ森でサバイバル生活のような状態に陥っていたのである。

「ねぇ、ミルフィ」

「なんですか？」

「人はなぜ過ちを犯すと思う？」

「……急にどうしたんですか？」

「私はそこに成長の余地があると常々思っているの」

「それよりも帰る道順を考えましょう」

「あ、はい」

冷静にサクッと返されて、アンヌはカバンから地図を出した。

「たぶん、そこを流れているのがこのオーズ川だから……右に向かって行けばたどり着けるはず！」

「せめて東西南北で示してください……」

本当にSランクパーティーのメンバーなのかどうか疑いたくなる地図の読み方であったが、道中、一度だけあったモンスター襲撃の際、一瞬で蹴散らしたあのデタラメな戦闘力を見る限り、嘘偽りはないのだろうと思う。

ただ、戦闘面以外の部分ではからっきしという印象を受ける。

本人にも自覚はあるようで、普段は優秀な右腕がカバーしてくれているそうだが、今回

はアンヌ本人の強い意向で単独行動を取っているらしい。

「戦闘なら負けない自信があるんだけど……どうにも方向音痴なようで……だから、今回はそれを克服するためにも、ひとりでやろうって決めたのに……」

「そ、そうだったんですね……」

残念ながら、現在はその気合いが空回りしている状態だった。

ともかく、最短ルートを見つけだし、一刻も早く霧の旅団と合流しなければならない。

ダンジョンで絡んできた冒険者は、ミルフィを見つけだした者にレックスから金が払われると言っていた。今も、懸賞金欲しさにミルフィを捜している連中がすぐ近くにいるかもしれない。

だが、事情を知ったアンヌがミルフィを霧の旅団で匿(かくま)うと約束してくれたので、合流さえできれば安心できる上にフォルトとも再会できる。

ミルフィにとってはまさに一石二鳥であった。

「北へ向かいましょう。そうすれば、街道に出るはずです。あとはその道をたどるように西へ向かえば――」

「ゾルダン地方につけるのね！」

「はい。でも、ゾルダン地方への道のりはまだ遠いようですから、途中で村に立ち寄って夜を過ごさないといけませんね」

「もう野宿はしたくないものねぇ……村はありそう？」

「街道の途中に小さな農村があります。このマップにある情報によれば、宿屋もあるみたいですね。この距離なら……今から出発して、夕方には到着できると思いますよ」

「なら、まずはそこを目指しましょう」

その後、食事の後片付けを終えたふたりは、日が暮れないうちに農村に着けるよう、すぐに出発した。

道中、ふたりは世間話に花を咲かせる。

「でもまあ、あなたがあのフォルトって子の幼馴染みなんて驚いたわ。世界は広くても世間は狭いと実感するわ」

「わ、私だって驚きましたよ。まさか、フォルトがあの霧の旅団の一員になっているなんて」

それは無理もないことだった。

フォルトはまだ正式なスキル判定もこなしていない状態。

そんな彼をなぜ霧の旅団はメンバーに引き入れたのか——それも、戦闘員としてではなく、解錠士(アンロッカー)として。

レックスたちのパーティーにいた頃はその片鱗(へんりん)さえ見えなかったが、そもそもレックスはフォルトに雑用ばかりを押しつけて冒険者に関する仕事をさせていなかったことを思い出し、納得する。

フォルトがあのままレックスたちのパーティーに居続けたら、きっと解錠士として目覚めることはなかっただろう。

「でも、どういう経緯でフォルトが解錠士だと分かったんですか？　元々いたパーティーでは宝箱に触れさえしていなかったのに」

「その辺の事情は私も知らないのよ。決定したのはリーダーだから……ただ、フォルトが解錠士として優秀な素質を持っているというのは確かよ」

霧の旅団のリーダーが相当な変わり者であることはミルフィの耳にも届いているが、それ以外の詳しい情報は知らなかった。

しかし、Sランクパーティーのリーダーを務めるほどの男なのだから、相当な実力者であることは間違いないだろう。そんな人にフォルトの解錠士としての力が認められた――なんだか、自分の知らない、遠い存在になってしまったようで、ミルフィは少し寂しさを覚える。

「まあ、才能を見出(みい)だしたっていうのもあるけど、リーダーの本音としては別にあるんでしょうけど」

「えっ⁉　フォルトを霧の旅団へ入れたのは解錠士として以外にも理由があるんですか⁉　どんな理由なんですか⁉」

まだ自分の知らないフォルトがいる。

その詳細がたまらなく気になったミルフィは、アンヌへと詰め寄る。

「お、落ち着きなさい。理由と言っても、それは冒険者の能力に関係していることじゃないのよ」

「と、いうと？」

「リーダーの娘のイルナが、フォルトのことをいたく気に入っているのよ。歓迎会の時もいい雰囲気だったし……もしかしたら、リーダーはイルナをフォルトのところへ嫁がせる気なのかも」

「…………えっ？」

ミルフィの瞳から光が消える。

「私としても、あのふたりはお似合いだと思うし、このままふたりがくっついてくれたら、パーティーも安泰だと――」

そこまで言って、アンヌは口を閉じた。

視界に飛び込んできたミルフィの表情が、明らかにさっきまでと違って暗いものになっていたからだ。

ここでアンヌは気づく。

ミルフィはフォルトに対して幼馴染み以上の感情を抱いているのではないか、と。

もしそうなら、このままパーティーに合流させると——とんでもない修羅場が待っているかもしれない。

「ミ、ミルフィ？　さっきの話だけど——」

「…………」

「えっ⁉　ちょっ⁉　ミルフィ⁉　なんで急にそんな歩くの速くなったの⁉」

恐ろしく速度の上がったミルフィを追いかけるアンヌ。

目指すゾルダン地方まではあとわずかに迫っていた。

第四章　暴かれる秘密

灼熱（しゃくねつ）のダンジョンことバーニング・バレーから戻った次の日。

食堂で朝食をとりつつ、俺とイルナは本日の予定の打ち合わせをする。

「今日はまず、あたしたち霧の旅団の拠点となる家を決めるために物件情報を集めようと思うの」

昨日はダンジョンを出たらすぐに共同浴場へ向かったからな。本来なら、そこで物件情報を確認する予定だったけど、結局今日に持ち越しとなった。

「さっき宿屋の主人から聞いたんだけど、中央通りに物件を紹介するお店があるらしいの。この町のギルドマスターの息がかかっているから、信頼のおける店だって」

「ギルドマスターか……」

冒険者たちの多くは、ギルドに立ち寄り、そこでクエストを受けて報酬を得ている者もいる。

俺たちのようにギルドを通さずにダンジョンに潜る者もいるが、その場合、手に入れた宝箱を解錠士(アンロッカー)に依頼して開けてもらわなければいけないので、パーティーに解錠士がいないところはクエストによる報酬獲得がメインの収入源となっている。

　また、ギルドには情報掲示板もあり、これを目当てに来る者も一定数存在していた。

「パパの話だと、このゾルダン地方にあるダンジョンは、すべてそのギルドマスターが管理と運営を国から任されているらしいの」

「それは凄(すご)いな」

　普通は複数のギルドがまとめているのだが、単独っていうのは初めて耳にした。

「でしょ？　だから、ここのギルドマスターは貴族に匹敵するほどの力を持っているらしくて、ゾルダン地方の領主であるフローレンス家とも懇意にしているらしいわ」

　力を持っているといえば王宮解錠士(ロイヤル・アンロッカー)をはじめとする上位クラスの解錠士がすぐ浮かぶけど、ギルドマスターでそこまでの力を持っているとは。よほどのやり手なんだな。

「しかも、パパにダンジョンの調査を依頼してきたここの領主やギルドマスターはとても親切で、あたしたちのような平民の冒険者にも友好的に接してくれているの」

　それもまた珍しい話だな。

「パパがダンジョン調査の依頼を引き受けたのも、ここの領主とギルドマスターが信頼に値する人物だからだって言っていたわ」

　少なくとも、前にいた地方の領主やギルドマスターはそんなことなかったし。

まあ、でも、リカルドさんが信頼するほどの人物の息がかかっている店なら信用できるかな。

朝食を食べ終わると、俺たちはその物件紹介をしている店を訪ねるため、宿屋を出た。

クロエル中央通りは朝市で大変な賑わいを見せていた。

活気溢れる声が飛び交い、その中を歩いているだけで元気になりそうだ。

そんな中央通りの一角に件の店はあった。

「いらっしゃい」

対応してくれたのは店主を務める初老の男性だった。

「うん？　その格好……まだ若いが、君らは冒険者かい？」

「は、はい」

「あたしたちはパーティーのリーダーからの指示で、この町の空き物件を紹介してもらいたくて」

「ほぉ……そのパーティーの名前は？」

「霧の旅団です」

「!?　あの霧の旅団の……」

俺がパーティー名を口にすると、店主の表情が一変。力のあるパーティーの影響力っていうのは本当に凄いんだな、と改めて実感するリアクションだ。

「では、詳しい条件を聞きましょうか。ささ、こちらへどうぞ」

店主に促され、俺たちはソファに腰かける。

それから、パーティーの人数や購入予算などの質問を受けた。

加入して日の浅い俺には答えづらい内容も多く、詰まる時はイルナが代わりに答えるという形で進んでいく。

「ふむふむ……」

開始から三十分ほど経つと、質問が止まった。

そしておもむろに立ち上がると、デスクの上に置かれた地図を持ってきて、俺たちの前にある長机に広げた。

どうやらこの町の地図のようだ。

「中央通りから少し離れていますが、西門の近くに数年前廃業した宿屋があります。多少の改修工事は必要になるでしょうが、なんといっても人数分の個室が確保できますし、厩舎も併設していますから馬車に使う馬の管理も可能です」

店主の持ち出してきた物件はこちらの条件と合致する良物件だった。おまけに購入額も予算内に収まっている。

「こんなに早く決まるなんて……よかったな、イルナ」

「…………」

「イルナ？」

てっきり喜ぶのかと思っていたのに、イルナは逆に渋い表情をしていた。

「いい物件だと思うんだけど……なぜこんなに安いのかしら？」

「!?」

ギクッと店主の体が強張(こわば)る。

その指摘を受けて、俺もハッとなった。

条件に合う物件が見つかってよかったと安堵(あんど)したが……言われてみれば、値段が釣り合わない。さすがはイルナだ。その価格から、裏に何か隠されているのではないかと読んだのか。

「何か知られたら不都合な情報でもあるの？」

「そ、そういうわけではないのですが……なぜか、ここは人が長く居着かないんですよ。住んでも、すぐに出ていってしまうことが多くて」

「な、なるほど……」

やっぱりそうした事情があったのか。

「原因は分からないんです。後学のため、何がいけなかったのか住んでいた者たちに聞いたのですが……どうも、夜な夜なおかしな音や人の声が聞こえるというのです。中には子どもの泣き声だという人もいたくらいで」

「いわゆる心霊現象ってヤツですか」

霊現象を一切信じていない俺としては、特になんとも思わない。

「まあ、それくらいならパーティーのみんなは気にしないだろうし、問題なく住めるはず。なあ、イルナ」

俺は隣に座るイルナへと視線を移した――が、そのイルナは顔面蒼白になり、小刻みに震えていた。

「だ、大丈夫か？」

「りゃ、りゃいじょうぶにょ」

「…………」

ダメそうだ。

ダンジョンでは見た目がおっかないモンスターに果敢に立ち向かっていくのだが……意外にもオバケとかの類いは苦手なタイプだったのか。

しかし、これは困ったことになったぞ。

店主の話では、条件に合いそうな物件はここくらいしかないようだし、妥協しようとしても、次の物件というのがこちらの理想とする条件からかけ離れているものだった。

いくらか妥協すればいいのだろうが……このまま手放すというのも勿体ない。

「あの、その家ですが……俺たちで調べてみてもいいですか？」

「構いませんよ」

「フォルト⁉」

俺の提案にイルナは驚いていたようだが、イルナはイルナでこの好条件の物件をみすみす手放すのは惜しいと考えたようだ。

「……そうね。とりあえず、そこがどんな場所なのか、この目で確かめてみたいわ」

さっきまでの絶望にまみれた表情から一転し、イルナはダンジョンへ探索に出た時のようにキリッと引き締まった顔つきでそう告げた。

「それでしたら、鍵を渡しておきましょう」

「あ、それには及びません。この鍵があれば大丈夫ですよ」

「！　君は解錠士でしたか……」

ダンジョンにある隠し部屋でも開けてしまう俺の鍵があれば、問題なく開けられるだろう。むしろ、なくしてしまうと困るので、本来の鍵は店主にこのまま預かってもらおう。

「霧の旅団の解錠士が少年だったとは……」

そう呟く店主の目はこちらを疑っているように見えた。

というか、それが普通の反応だよな。

「……分かりました。物件の場所の地図をお渡しするので、気になるところがあれば調べてもらって結構ですよ」

「い、いいんですか？」

「まあ、買い手のついていない物件ですし、盗まれて困るような貴重品もありませんから、下手に壊さない限りは好きに調べてください」

俺たちが子どもだから、そこまで派手な悪さはしないと踏んだのだろう。

それに、買い手がいないというのは嘘じゃなさそうだし。

「何か困ったことがあったら、町の自警団に相談してみてください」

「いろいろとありがとうございました」

俺とイルナは店主に礼を言って店を出た。

ともかく、幽霊騒動の真相を暴き、件の家を俺たちの生活の拠点としたい。

そのためにも、念入りな調査を行わなくてはならないな。

昼食後。
俺たちは地図を頼りに西門近くの物件へとやってきた。
そこは賑やかな中央通りから少し入り込んだところにある、言ってみれば裏通り――ここなら喧騒に悩まされることはなさそうだ。

「静かでいいところだな」

「ええ……」

イルナはまだ少し緊張気味だった。

店では吹っ切れたように見えたけど、やっぱりまだ無理か。

そのまましばらく歩いていると、地図に示された宿屋が見えてきた。

「おおぉ……」

思わず、俺とイルナは同じ反応をしてしまう。

それほど、想像を絶する大きさの物件であった。

あと、外観は思ったほど古さを感じない。

よく見ると、玄関部分にくっつけられた看板にはベッドのマークが彫られていた。

「これは宿屋の名残か」

「数年前まで別のパーティーが使っていたって話だけど、これはそのままになっているのね」

「でも、利用者がいたって割には綺麗だよね。外観からは傷んでいる部分が見られないけど……中は入って調べてみないと」

「！　そ、そうね……」

持ち直しかけていたイルナのテンションが地に落ちる。

まあ、少し入り組んだ場所にあるため、日の光が入りづらいという難点はある。ただ、屋上があるみたいで、そこに洗濯物とか干せそうだ。あれくらい高い位置にあれば他の建物は気にならないだろう。

「宿屋だから個室も多い。井戸も近いし、本当にいい物件だな」

俺はこの家を一目見るなり気に入った。

あとは、例の問題点をどう解決するか、だ。

チラッとイルナを一瞥する。

イルナは汗だくで目が泳ぎまくっていた。

「と、とりあえず、中に入ってもう少し様子を見てみよう」

「……やっぱり入るのね」

ぐったりしているイルナを励ましつつ、俺たちは家の前までやってくる。

立派な造りの門を抜けると、玄関までの間に庭園があった。一部に日の当たる場所もあるから、あそこで菜園もできそうだな。

そんなことを考えながら、玄関のドアの前まで来ると、俺は鍵を使おうとした――が、鍵穴へ差し込んだ瞬間、「バチッ！」という音と共に閃光が走り、俺の鍵を弾いた。

「どうしたの？」

「な、なんだか弾かれたんだ」

「弾かれた？　――ああ、もしかしたら結界が張ってあるのかも」

「結界？」

聞いたことがない言葉だ。

「解錠士による不法侵入対策として建物全域に魔法を弾く結界を張っておくの」

「なるほど」

確かに、なんでも開けられる解錠士ならばいくらでも悪用できるからな。

「でも……妙ね」

「妙って？」

「店主はここに貴重品はないって言っていたのに、わざわざ結界を張っておくなんて……」

「言われてみれば……」

何か、結界を張らなければいけない理由でもあったのか？

「もしかしたら……結界を張ったのは店主じゃなくて、まったく別の第三者って可能性もあるんじゃないか？」

「……なるほど。この辺りはクロエルの中でも人通りは少ない方だし、悪だくみをするには打ってつけの場所かも」

「いずれにせよ、中へ入ってみないことには――うん？」

諦めて鍵を扉から離した瞬間……変な感覚に襲われた。

「…………」

「フォルト？　どうしたの？」

イルナが異変に気づいて声をかけてくるが、俺はそれに返事もせず鍵に魔力を込めた。

「ほ、本当にどうしたの⁉」

「……やれるかもしれない」

さっきは結界に弾かれたが——今の状態の鍵なら問題なく開けられる。根拠はないが、失敗する気がしなかった。

「よし……」

深呼吸を挟んでから再チャレンジすると、今度はなんの抵抗もなく鍵を開けることに成功する。

「やった！」

「す、凄い！　本当に結界が反応しなかったわ！」

あまりにもすんなり成功するものだから、喜びのあまりイルナが抱きついてきてもまったく反応できなかった。

「結界さえ無効化してしまう鍵……そんな物があるなんて初めて聞いたわ！　どうやったの？」

「実を言うと、俺もよく分からないんだけど……なんだか、鍵が『できる』って語りかけてきたような感覚だったんだ」

「そうなの？」

「ああ。もちろん、本当に鍵が喋（しゃべ）ったわけとかじゃなくて……うまく説明できないんだけど、とにかく鍵が導くままにやったっていうのが一番しっくりくる表現かな」

まだまだ謎の多い、地底湖で入手した鍵。

その真相も解明していかなくちゃいけないとは思っているが、今はそれよりも新たな拠点候補である廃宿屋についてだ。

「鍵も開いたことだし、中に入って探索しよう」

「……それしかなさそうね」

モンスターがうろつくダンジョンに比べたらよっぽど安全だと思うが、イルナの表情は冴（さ）えなかった。

さて、問題の廃宿屋内部だが――外観の綺麗さと比べると、中は思ったより荒れていた。

しかも、すべてのカーテンを閉じていることもあって、真昼だというのにロビーの脇にある廊下は一番先まで見えないくらい真っ暗になっている。

「この辺はさすがに光を取り込めばだいぶマシになるのだろうけど……なんというか、不気味だな」

幽霊の類いは信じていないが、この雰囲気は好ましくない。

散々強気なことを言ってきたけど、自分でも分かるくらい表情が引きつってきた。

気持ちを切り替え、辺りをよく見まわしてみる。

すると、ロビー近辺は目立って荒れていたが、それ以外に特におかしな部分はなかった。

床も健在で、壁にも穴は空いていない。

ただ、フロントの脇にある階段は、ハッキリ言って足をかけるのをためらうくらい傷んでいた。ここは要改装だろう。

「あとはもうちょっと奥を見て――」

俺が廊下の方をのぞき込んだと同時に、「ガタッ！」という物音が聞こえた。

「「!?」」

俺とイルナは揃ってビクッと体を震わせた。

カーテンが揺れたとか、そんな音では断じてない。この場に俺たち以外の何者かが存在していることを証明する音だった。

「ね、ねぇ」

「……分かっている」

俺は龍声剣を構え、イルナは聖女の拳を装着する。

ダンジョンに潜むモンスターならばいくらでも戦いようはあるが、幽霊となると話は別だ。

それからしばらくの間、俺たちは臨戦態勢をとりながら進んでいく。——が、特にこれといって怪現象は起きなかった。

「き、気のせいだったのかしら……？」

「振動で何かが落ちたのかもな……む？」

廊下を歩いていると、なんだか違和感を覚えた。

口では説明しづらいが……なんていうか、大事な何かを見逃しているような気がする。

辺りを注意深く見回してみるが、それらしい物は何も発見できなかった。

「どうかしたの？」

「……いや、先へ進もう」

気を取り直して、俺たちは廃宿屋探索を続行する。

あまりにも暗かったので、カーテンをすべて開けて日光を取り入れた。そうすることで、薄暗くて不気味な印象は吹き飛び、恐怖心も半減する。最初からこうしていればよかったな。

その後もいろいろと見て回ったが、怪しいところは確認できなかった。

代わりに見えてきたのは快適に過ごせそうなこの建物の利便性。

「見て！　お風呂も大きいわよ！」

「男女で分かれているし、これなら共同浴場へ行く手間とお金が節約できるな」

風呂付きというのは大きいな。

共同浴場の利用料金は高額というわけではないが、それでもパーティー全員が利用すると考えたらなかなかの出費になる。それを抑えられるのはとてもありがたい話だ。

それぞれの個室にする予定となっている客室も、補強が必要になってくる部分があるにはあるが、十分利用できるだろう。

おまけに中庭もあって、こちらでは小規模ではあるが畑ができそうだ。

こうして、実際に物件を目にすることで、ここが改装次第でとても住みやすそうな場所であることが分かったのだった。

ひと通り廃宿屋内を探索し終えた俺とイルナは一度外へ出ることにした。

「とりあえず、ここが第一候補であることは決定でいいかな？」

「そうね。――あら？」

物件を紹介してくれた店に戻ろうとした時、イルナの足が急に止まった。

「うん？　忘れ物でもしたのか？」

「ち、違うわよ！　……あそこにいる人……なんかあたしたちを見てない？」

「へっ？」

イルナが視線で示したその場所には、確かにこちらを見つめるひとりの大柄な中年男性がいた。その髪型は見事なまでのモヒカン。なんというインパクト……絵に描いたような悪人面だ。

無視してこのまま大通りまで進もうかと悩んでいると、男の方がこちらへ向かってくる。

「すみません、もしかして君たちは……あの霧の旅団のメンバーですか？」

物凄（ものすご）い低姿勢でそんなことを聞かれた。

「そうですけど……あなたは？」

「申し遅れました。私の名はガルトンと言って、この町の自警団の者です」

ガルトンと名乗った男性はさらに続ける。

「あの霧の旅団がクロエルの町にやってきたと聞いてあちこち捜し回っていたのですが……ようやく見つけることができました」

リーダーを務めるリカルドさんたちは、領主であるフローレンス家の依頼でダンジョンの調査中だからな。日中は捕まらないよ。

そのことを伝えると、ガルトンさんは困ったように唸（うな）った。

「実は……あなたたち霧の旅団に依頼したいことがありまして」

「依頼？　どんな内容なんですか？」

「私は町の井戸を管理している業者なのですが、ここ数日、各所の井戸が涸（か）れている原因がモンスターの仕業らしいという情報を得ましてね」

「モンスターの？」

そういえば、公共浴場に行った時、イルナが言っていたな。

「本当に、モンスターの仕業なんですか？」

「探知系魔法を使える者に調べさせたので、間違いないかと」

モンスターがいないはずの地下にモンスターを探知――いや、待てよ。

「まさか……この町の下にダンジョンが？」

「フラン婆さんはそう睨んでいるようです」

「『フラン婆さん？』」

聞き慣れない名前に、俺とイルナは顔を見合わせる。

だが、イルナの方はその名を思い出したようで、ポンと手を叩いた。

「その人って、ギルドマスターを務めているフランベール・マードリーさんのこと？」

「そうです。このクロエルの町に住む者は、親しみを込めてそう呼んでいるのです。……フラン婆さん自身も、あまりかしこまった態度を取られることに対して苦手意識があるらしく、フランクな感じで呼んでほしいと言われているので」

苦笑いでそう告げたガルトンさん。器がデカいというかなんというか……ともかく、ギルドマスターが飾り気のない人だってということは分かった。きっと、リカルドさんもそういったところを気に入ったんだろうな。

「そのギルドマスターが、あたしたちを指名したの？」

「今回の件についてはあなた方だけでなく、名うての冒険者パーティーにはひと通り声をかけているんです」

手当たり次第ってわけか。よほど切羽詰まっているんだな。

「すでにいろいろと調べてもらっているのですが……未（いま）だに誰ひとりとして、この町の地下にあると思われるダンジョンへつながるルートを見つけることができていません」

ふむ……ここまでの話の流れで、依頼内容は大体察せられるな。

「俺たちにそのモンスターを討伐してもらいたい、と？」

「はい！　これはギルドにも正式に出されているクエストですので、きちんと報酬をお支払いします！」

必死に訴えるガルトンさんは、ついに俺の手を取って力説し始めた。

「とにかく、モンスターを倒さないと町中の井戸が涸れてしまいます！　このままでは共同浴場の閉鎖どころか、日常生活さえ困難になってしまいますし……どうか、お願いします！　地下にいるモンスターを倒してください！」

深々と頭を下げるガルトンさんの必死さ……こりゃ想像以上に困っているようだな。

ただ、リカルドさんたちは別件で手が離せない状態だ。

そのことを伝えると、ガルトンさんはひどく落ち込んでしまった。

……これから住むことになるこの町のインフラ整備に貢献したいという気持ちは、もちろんある。その気持ちはイルナも同じらしい。

「やりましょう、フォルト！　あの共同浴場が使えなくなったら、それはそれで困るわ！」

廃宿屋に風呂があったとはいえ、まだここに決めたわけじゃないものな。

それに、俺もあそこで飲んだ名物のフルーツミルクをまた飲みたいし。

「……だな」

イルナの意思を確認し終えた俺は、ガルトンさんへ声をかける。

「ガルトンさん……その件、引き受けますよ。俺たちでどこまでやれるかは分かりませんが、明日から本格的に周辺を調査してみます」

「おおっ！　本当ですか⁉　感謝します！」

交渉成立。

俺とガルトンさんは固い握手を交わした。

新たな拠点には目途が立ったけど、すかさず今度は新たなクエスト――明日からまた忙しくなるぞ。

ガルトンさんからの依頼を受けた翌日。

町の下にあるとされる謎のダンジョンの入り口を探すため、俺たちは中央広場へと来ていた。

「さて、どこから手をつけたものかしら……」

「すでにいくつかのパーティーが動いているらしいから、目ぼしい場所は探索されているはず。それ以外で探すしかないか」

「簡単に言うけど……それってかなりの難題よ？」

それはそうなのだろうが……現状、それしか言いようがなかった。

手始めに調べようと思った中央広場は、現在井戸の調査を行うということで一部閉鎖されており、閑散としていた。きっと、普段通りならたくさんの人がここにいたのだろうな。

とりあえず片っ端から調べていくが……案の定、手掛かりはゼロ。

「見つからないわね……」

「そううまくはいかないさ。気を取り直して、別の場所を探そう」

「そうね」

俺とイルナは中央広場の調査を切り上げると、続いて町中を見て回ろうと歩きだした。

その時、こちらに近づく人影が視界の端に映る。

「おい！」

誰かが近づいてきていると認識した途端、野太い声で呼び止められた。

振り返ると、丸太のように太い腕を組んだ大男が立っている。体格の良いリカルドさんと比べても見劣りしないくらいのたくましさだ。

「おまえら、霧の旅団のメンバーだな？」

「えっ？」

なんだ……？

なんでこいつは俺たちのことを知っているんだ？

というか、昨日のガルトンさんもすぐに俺たちが霧の旅団のメンバーって分かったけど……俺たちって、そんな分かりやすいのか？

「とぼけても無駄だ！　すでに調べはついてんだからよ！」

俺たちが返事をする前に、男性のテンションは凄い勢いで上がっていった。

「しかし、こいつはツイてるぜ！　Sランクで、しかもあのフラン婆さんが一目置いているって話だったから、とんでもなくヤバそうなヤツらかと思ったが……てんで弱そうじゃねぇか」

男は手にした大きな棍棒を地面に叩きつけることで、ドスンと音を立てた。威嚇のつもりか？

まあ、こっちが弱そうに見えるという点は否定しない。

俺もイルナも、棍棒を持つ男のような鍛え上げられた筋肉ボディとは程遠く、おまけにまだ子どもだ。警戒する方が難しいのかもな。

「ああっと……俺たちに何か用か？」

「ズバリ言おう。この街の地下にあるダンジョンの入り口へ案内しろ」

「「は？」」

俺とイルナは顔を見合わせる。

何を言っているんだ、このおっさんは。

ダンジョンの入り口はこっちだって捜索中だ。

「隠すと身のためにならないぞ？」

「隠すも何も……俺たちだって探している途中で——」

「誤魔化すな！　霧の旅団がこの町を離れているのはすでに地下へつながる入り口を発見し、下っ端であるおまえたちにそれを確認させようとしているという情報はすでに入手済みだ！」

「「はあ……？」」

再び声が揃う俺とイルナ。

……なんだか、情報が錯綜（さくそう）しているようだ。

そもそも、場所が分かっていたらこんなところをウロウロしているわけないのに。というか、なんで下っ端の俺たちにそんな重要な役割を与えるんだって疑問に思わないのか？

男への対応をどうしたものかと悩んでいると、隣にいたイルナが耳打ちをしてくる。

「あの男……あたしたちを出し抜いてフランさんの依頼を達成しようとしているようね」

「そんなことしてどうするんだよ」

「アピールするんでしょ」

「アピール？」

「これまで耳にした情報から、フラン婆さんって人がそんなことをするとは思えないけど……気に入られたら自分たちのパーティーが贔屓（ひいき）されると思ってるんじゃないかしら」

「…………」

「？　何？　どうしたの？」

「あ、ごめん。その……吐息が耳にあたるとくすぐったくて」

「!?　こ、こんな時に何言っているのよ！」

「わ、悪かったって！」

「もう……」

「おぉい！　俺様を無視していちゃついてんじゃねぇよ！」

大男は地団駄を踏んで己の存在を俺たちに示す。

「ともかくだ！　地下のモンスターは俺が叩き潰す！　てめぇらは家に帰ってお昼寝でもしてな！　どうしても教えないてんなら力ずくで聞くまでよ！」

なんか物騒なことを言い出したぞ。

「どうする？　向こうはヤル気満々みたいよ？」

「うーん……」

俺としては、なんとか穏便に済ませたいところだが……手柄を横取りしようって魂胆があるみたいだし、本当のことを話しても信じてくれそうにない。

「いつまでごちゃごちゃ言ってやがる！」

痺れを切らした大男が襲いかかって来た。

俺は剣を構える。

これだけの大男にすごまれ、立ち向かってこられたら——恐らく、ちょっと前だったら逃げ出していただろう。

けど、今は違う。

逃げたりはしない。

ダンジョンであれだけの戦闘をこなしたんだ。

その自信が、自然と逃げるという選択肢を外していた。

「おらぁ！」

大男が繰りだした棍棒をかわし、すぐさま龍声剣で反撃。炎系魔法を使うが、狙いを微妙にずらし、大男の尻に着弾するように放った。

「あっっっっちぃ！」

大男は地面をのたうち回って尻についた火を消していた。いかつい見た目と違ってあまり戦闘慣れしていないように思える。

「だ、大丈夫⁉」

「俺なら問題ないよ」

慌てるイルナを落ち着かせている時、俺は気づいた。

こちらの様子を窺っている複数の影の存在に。

いつの間にか、俺たちは囲まれていたようだ。

「フォルト……そこで転がっているようなヤツらがたくさんいるわ」

どうやらイルナも周りの視線に気づいたらしい。

「あいつみたいに、あたしたちが地下への入り口を知っていると思っているのよ」

「厄介な状況だな……」

俺たちは足早にその場から退散しようとしたが、そうすると隠れている連中はさっきのおっさんみたく力業に出てくるかもしれない。

龍声剣や破邪の盾がある限り、倒すことは可能だろうけど、あの数をいちいち相手にするのは骨だ。

「どうしようか……」

最善の策を考えていると、横にいたイルナがボソッと呟く。

「……この手でいきましょう」

そう言って、「コホン」とわざとらしく咳払い（せきばらい）をしたイルナは、大きく息を吸い込んだ。

そして、

「ああ！　思い出したぁ！　地下ダンジョンへの入り口は町の外れにある森の中にあったんだったぁ！」

ありったけの力を込めた叫びが、静まり返る中央広場にこだました。

それに反応したのは陰から見ていた他の冒険者たち。

場所が判明したらもう隠れる必要はないと思ったのか、我先に森へと突撃していった。

「作戦大成功ね」

「いい機転だったな」

「ふふん！　もっと褒めてもいいのよ？」

鼻を鳴らし、控えめな胸を張るイルナ。

これで当面の問題は解決したわけだが——根本というか、本来のクエスト達成のための情報は途切れたままだった。

「地下へ通じる隠し通路なんて、本当にあるのかしら？」

「……もしかしたら、あるかもしれない」

「！　何か分かったの⁉」

「確証があるわけじゃないけどね……」

思ったより情報がないので、今は少しでも可能性のある場所に懸けてみることにしよう。

俺はイルナを連れて裏通りを目指した。

——で、たどり着いたその最有力候補の場所とは、昨日訪れた新拠点候補の廃宿屋であった。

「ここなら昨日調べたじゃない」

「そうなんだけど……昨日さ、物音がした廊下があったろ？」

「えぇ」

「あそこを通った時、なんだか違和感を覚えたんだ」

「そうなの？　あたしは何も感じなかったけど……」

「まあ、気のせいかもしれないけど、一応調べてみようかなって」

「分かったわ。他にこれといって手掛かりがあるわけじゃないものね」

意見が一致したところで、俺たちは再び廃宿屋へと入っていった。

昨日の帰りにカーテンを開けておいたから、今回は日の光を取り込んでいて明るく、薄暗さからくる不気味さはない。

とりあえず、物音のした廊下を中心に手分けしていろいろと調べてみたが、なんの手掛かりも得られぬまま、二時間が過ぎた。

「見つからないわね……」

「空振りだったか……」

やっぱりあれはただの気のせいだったか。

諦めムードが広まり始めた――まさにその時。

「む？」

俺は足元に異変を感じた。

その原因は音。

ここだけ、踏み込んだ時の音が他と若干違う。

「昨日感じた廊下の違和感はこれだったんだ……」

俺はしゃがみ込んで床をジッと凝視する。そんな調子で眺めていると、一ヶ所だけ他の木材と微妙に色が異なっている場所を発見した。

「もしかして……」

「何？　何か見つけたの？」

俺が廊下でしゃがんでいる姿を見て、イルナもやってくる。

「……どうやら、狙いは正しかったようだぞ」

「ほ、本当⁉」

俺は色の変わっている部分の床に手をかける。

床板は頑丈だが、驚くほど軽く、あっさりと持ち上がった。

「おっと」

「ちょ、ちょっと、壊しちゃったの⁉」

「いや……これは最初から取り外しができる構造になっているみたいだ。――そして、ここが俺たちの探し求めていた場所だ」

「へっ？」

取り外した床の下から、地下へと続く階段が姿を見せる。

「こ、この先が……」

「隠し部屋ってわけだ」

これまで潜ってきたダンジョン――グリーン・ガーデンやバーニング・バレーは、自然に発生した洞窟みたいなものだった。

けど、ここは違う。

明らかに何者かの手が加えられた人工物だ。

「地下につながっているのは間違いないようだけど、ダンジョンと呼ぶには不自然だな」

「えぇ……どう見ても、誰かが造った形跡があるわ」

「とにかく下りてみようか」

「そうね。もしモンスターがいるなら、さっさと倒しましょう。でないと、あの共同浴場のフルーツミルクが飲めなくなっちゃうかもしれないし」

イルナは早くも闘争心むき出しの状態で、装着した聖女の拳をガンガンとぶつけ合っている。

とりあえず、俺が先頭で、階段を下りていく。

薄暗く、わずかな湿り気を感じる空間を慎重に進んでいき、たどり着いた先は広い空間であった。

「一見すると普通の宿屋なのに……地下にこんな場所があったなんて……」

「本当だな。……ちょっと肌寒いな」

ひんやりとした青白い岩肌に、俺たちふたりの声が反響してなんとも言えない不気味な空気を漂わせている。

さらに進んでいくと、足元に「ぐにゃっ」とした感覚が。

「うおっ⁉　……びっくりした。木の根か」

「ず、随分太い木ね。なんの木かしら？」

興味深げに足元を見つめるイルナ。

……って、ちょっと待てよ。

こんなにも大きな木の根があるにもかかわらず、クロエル町のどこにも、それに該当する巨木は見当たらない。この根や幹の太さから、もし地上に出ていたら遠目にも発見できるくらいのサイズはあるはずだ。

じゃあ、これは根っこだけ？

一体なぜ……？

そのうち、イルナが何かに気づいたようで、ハッと顔を上げる。

「どうした、この根に見覚えでもあるのか？」

「……ちょっと昔の噂話を思い出したの」

「噂話？」

「うん。恐らくここは……聖樹の違法栽培現場じゃないかしら」

聖樹？

聖樹って、この前、グリーン・ガーデンに現れたウッドマンってモンスターを倒した時にドロップしたアレか。

なら、これはアレの超巨大バージョン？

俺が入手したのはもっとずっと小さな物だったが、それでもかなりの高額で取引されていた。それがこのサイズって……総額でどれくらいになるのか、まったく想像できないぞ。

「聖樹を栽培って……」

「知っているとは思うけど、聖樹の根は高値で取引されるの。だから、違法に栽培されるケースもあるって聞いたわ」

なるほど。

だけど、素朴な疑問がある。

「聖樹なんて、そう簡単に栽培できるのか？」

「もちろん、簡単な話じゃないわ」

イルナはキッパリと言い切る。

「違法品のどれもがひどい粗悪品で、呪術が効かないどころか、逆に害をもたらす可能性もあるらしいの。だから、高額なドロップアイテムは資格を持った鑑定スキル持ちから、正式な鑑定証を出してもらわないと買い取ってくれないところもあるわ」

粗悪な違法品が出回れば、多くの冒険者たちにとって損害となる。売る側がそれくらい慎重になるのも納得だな。

「ちなみに、あたしはまだレベルこそ低いけど鑑定スキル持ちなの！」

「そうなんだ」

「鑑定スキル持ちなの！」

「あ、うん」

なんか凄いアピールしてきたな。

「そんなあたしの鑑定スキルでチェックしたから、これが偽物だと断言できるわけ！」

「やっぱり偽物だったのか」

正直、スキルを使うまでもなく偽物と分かりそうなくらい胡散臭い現場だからなぁ――

というのは本人には黙っておくとしよう。

「しかし、それがなんだってまたこんな地下に？」

「たぶん、あまりにも雑なつくりをしていたせいで売り上げが伸びず、栽培を途中で放棄したんでしょ。それがここまで成長してしまったってわけね」

「誰も世話をしなかったのに、ここまで大きくなるものなのか？」

「幸いにというか、この町には成長に必要な綺麗な水が豊富にあったことが、ここまで成長できた大きな要因ね」

共同浴場にも使われていた水のことか。

「恐らく、周囲の土から水分を吸収し、今日まで枯れることなく生きてこられたのね」

「なるほど……あっ！　もしかして、町の井戸が涸れている原因って……」

「こいつが犯人ってわけね」

これだけの巨体を維持するためには、相当な水分が必要だろうからな。

「……推測だけど、この宿屋で違法な栽培を続けていた元主人は、何かしらの理由でここを手放さなくてはいけなくなり、ここを隠すためにありもしない幽霊騒動をでっち上げたんじゃないかしら」

憶測の域を出ないけど、あり得ない話じゃないな。

「とりあえず、聖樹の違法栽培の現場っていうのは理解したけど、肝心のモンスターはいないみたいだな」

「言われてみれば姿を見ないわね」

噂だと、モンスターが存在しているはず。

もう少し周辺を調査してみようと歩きだした時だった。

「きゃっ！」

イルナが短い悲鳴を残して姿を消した。

モンスターの気配はどこにもなかったが、どうやら何者かの不意打ちを食らったようだ。

「イルナ⁉」

消えたイルナの姿を捜して振り返ると、そこには信じられない光景が広がっていた。

「なっ⁉」

聖樹の木の根はまるで触手のようにウネウネと動き、イルナをガッチリと捕まえていた。

「こ、この木、生きてるのか⁉」

「き、きっと、非合法の肥料を与え続けて無理矢理成長させた副作用よ！」

捕まりながらも、イルナはそう解説してくれた。

唯一自由の身である俺は戦闘態勢を整える。

聖樹はわずかに動きながら、唸り声のような音を出している。

ともかく、イルナが人質状態となっている今は、迂闊に飛び込むことができない。

ここは慎重に、相手の動きを見ながらじっくりと――

「いやぁっ！」

再び響くイルナの叫び。

恐れていた事態が起きてしまったのかと、嫌な汗が頰を伝う。

……ただ、さっきとは微妙に叫び方が違う気が。

何が起きたのかと目を凝らしてみると、

「うおっ！」

俺は思わずのけ反った。

聖樹から漏れる金色をした樹液のようなものが、イルナの服を徐々に溶かしていたのだ。

「ふ、服が⁉　服が溶けてる⁉」

ドロドロ溶けていくイルナの服。

こりゃ悠長に構えている暇はなさそうだ。

「待っていろ、イルナ！　すぐに助けるぞ！」

聖樹（偽）に向かって突進しようとすると、

「そこまでだ！」

俺の動きを止める者が現れた。

振り返ってその正体を確かめてみると、そこには意外な人物が。

「ガルトンさん⁉」

俺たちにモンスター捜索の依頼を出したガルトンさんだ。

「よく見つけてくれた」

「えっ？　見つけてくれたって……」

「ははは！　俺が本当に探していたのはこいつなのさ。フラン婆さん公認のクエストってことで名前を出せば、いい格好を見せようと冒険者どもが血眼になって探すと踏んだが……まさか見つけたのだがおまえたちだったとは、な」

……そういうことか。

フランさんからの依頼なんて嘘。

情報を提供しておいて、俺たちを泳がせていたんだ。

「……俺たちを騙したってわけか」

「そうでもないさ。俺がこの町の自警団のメンバーで、涸れた井戸の調査を行っていることは本当さ。まさか、その原因がこいつにあるとは思わなかったが」

「っ！　あの宿屋を隠れ蓑にして、聖樹の違法栽培をやっていたのはあんただったのか！」

「厳密に言えば、やっていたのは元仲間だ。もっとも、そいつは聖樹の根を独り占めしようとしていたんでね。この場所を吐かせようとしたが……うっかり殺しちまったんだ」

廃宿屋の前で話を聞いていた時の低姿勢とは打って変わり、威圧感たっぷりにこちらを睨みつけるガルトン。

「おら！　さっさとそこをどきな、小僧！」

「……なぜこんなことを？」

「儲かるからに決まってるだろぉ！」

実にシンプルな理由だ。

ともかく、このまま引き下がるわけにはいかない。

俺は龍声剣を構えた。

――と、不意に、ガルトンの背後に影が現れる。

俺がそれを視認した時にはすでに遅く、ガルトンの体は宙に舞い上がっていった。

「て、てめぇ！　なんのつもりだ！」

偽聖樹がガルトンを捕らえたのだ。

となると、必然的にあの現象が起きるわけだ。

「ぐおっ！　お、俺の服が！　服がぁ！」

その樹液で服が溶け始める。

徐々にあらわとなっていく中年男性の肌……おっさんのフルヌードなんて見たくないので、とっとと終わらせてもらおう。

その前に、まずはイルナの救出からだ。

「くらえ！」

龍声剣に炎をまとわせて、思いっきり焼き斬る。

「きゃあっ⁉」

偽聖樹はダメージを食らうと同時にイルナを放す。俺は一旦龍声剣を鞘にさやおさめると、両腕でしっかりとイルナを抱きとめる。

「大丈夫か⁉」

「え、ええ、ありがとう……」

お礼を言い終えてすぐにそっぽを向くイルナ。それもそのはず。服は諸々もろもろ隠すくらいの面積はキープできているが、それでも半分近く溶けており、いつも以上に肌があらわとなっているのだ。恥ずかしがらない方がおかしい。

「うぅ……ひどい目に遭ったわ……」

俺の手から離れ、ぐったりしているイルナ。

あとで共同浴場に行こうと約束してから、俺は偽聖樹へ向き直る。

「ひぃぃ！」

ガルトンは触手に絡まれ、なんというか……大変お見苦しい状態になっていた。

女子であるイルナには目に毒な光景なので、早々にご退場いただこう。

「次は風属性だ！」

龍声剣の力で、俺は魔法属性を火から風に変える。

こんなお手軽に属性変更できるところが、★10アイテムたる所以だろうな。

魔力で生み出した風。

こいつにはちょっとした追加効果がある。

「いけっ！」

俺は魔法を放つ。

ただの風——だが、それを受けた偽聖樹の根はズタズタに引き裂かれた。

「ぬおっ⁉」

その衝撃で解放されたガルトンは尻から地面に着地。

全身に大ダメージを負った偽聖樹は根をめちゃくちゃに振り回し、苦しがっていたが、しばらくすると動かなくなった。

「終わったか」

俺が龍声剣を鞘にしまおうとした時だった。

「バカめ！」

尻もちをついていた半裸のガルトンがイルナに向かって走りだす。

「この場を知られたからには消えてもらうぞ！」

隠し持っていたナイフを手に迫るガルトン。恐らく、イルナを人質にするつもりなのだろう――が、走っているうちに申し訳程度に体を隠していた服が完全にこぼれ落ち、全裸となってしまったのが運の尽き。

「!?」

その瞬間、イルナの表情が歪む。

それはきっと恐怖から来るものじゃない。

俺の視点からではガルトンの背中しか見えないのだが、正面に立つイルナにはバッチリ見えているはず。

「……この――」

拳をガンガンと打ち合わせるイルナ。

最近分かったことだけど、あれはイルナが戦闘前にやる仕草だ。

「なんてものを見せるのよぉぉぉぉ！」

魂の叫びと共に、ナックルダスターを装着したイルナの拳がガルトンの左頬を完璧に捉えた。

「ぶおぉっ⁉」

なんだかよく分からない悲鳴をあげながら、ガルトンは動かなくなった偽聖樹に背中から激突し、ダウン。そのまま動かなくなった。

「……あとは自警団にお任せするか」

念のため、男の体をロープでグルグル巻きにし、身動きが取れないようにしておく。

これで、今度こそ無事に解決した。

「まったく……」

渾身(こんしん)の一撃を放ったイルナは誇らしげに仁王立ちをしている。

――しかし、イルナは忘れている。

自身もまた、服が溶けていることを。

「……イルナ」

「何よ？」

「ま、前を隠そうか」

「へっ？　……っ⁉」

今でこそ目を背けている俺だが……ガルトンを殴った際、残されていた服が全部吹っ飛び……その……バッチリ全部見えてしまったんだよなぁ。

——数秒後、自分の状態を思い出したイルナの大絶叫が響き渡ったのだった。

地下での聖樹違法栽培犯であるガルトンを捕まえた俺たちは、自警団へその身柄を引き渡した。

「お手柄だったな！」

そう言って、俺たちの労をねぎらったのは自警団のリーダーを務めるワルドさんという男性だった。

ワルドさんは「まだ少年少女だというのにたいしたものだ！　うちの若い連中にも見習わせたいよ！」と語り、俺の両手をがっしりと掴むと、「だっはっはっはっ！」と豪快に笑った。

たっぷりと蓄えられた髭に鍛え抜かれた肉体。

……パーティーの女性陣を除けば、マッスルスライムを含め、ここ最近こんなムキムキ体型の人ばかりと会っている気がする。……俺はマッチョを引き寄せるスキルでも持っているのか？

「情けない話だが、俺たちではなかなか違法栽培をしているヤツらのアジトを探し出すことができなくてなぁ……フラン婆さんからも口酸っぱく言われていたというのに。だが、さすがは噂に聞く霧の旅団だ。こうも容易く（たやすく）お尋ね者を引っ張ってくるとは」

ワルドさんは上機嫌だった。

ちなみに、ガルトンの身柄は数日後に訪れるという王国騎士団が引き取るという。

こうして、霧の旅団の新拠点地としての条件を満たす廃宿屋は、幽霊騒動の原因でもあった違法聖樹を根絶したため、晴れて普通の家となり、俺たちのパーティーが拠点として使用することが可能になったのである。

リカルドさんたちにダンジョンでの成果以外にいい報告ができそうでよかったよ。

幕間四　あと少し

フォルトのいる霧の旅団が新たな拠点地として選んだゾルダン地方。

そこを目指して旅を続けるミルフィとアンヌはいろいろと寄り道をする羽目になってしまったが、ようやくすぐそこまで迫る位置までたどり着いた。

しかし、時刻はすでに夕方。

ふたりはゾルダン到着を翌日にして、今日は一泊しようと立ち寄った村の宿屋へと入っていった。

その宿屋はバーが併設されており、酒好きだというアンヌはそこで一杯飲むから付き合ってくれとミルフィにお願いをする。

ミルフィはまだ酒が飲める年齢ではないため、ジュースを飲みながら冒険者談義に花を咲かせようということになったのだが――

「なぁんでよぉ！」

グラス一杯のアルコールで、アンヌは完全に出来上がっていた。

「あ、あの、アンヌさん？」

「んあ～？」

「もうその辺でお酒は……」

「…………」

「？　アンヌさん？」

「ふぇ……」

「⁉」

今にも泣き出しそうなアンヌ。

酒が入るととても面倒臭い感じに仕上がるらしい。

アンヌはバーテンダーも兼ねている宿の主人から水をもらうと、今度はジッとミルフィを見つめた。

「な、なんですか？」

「……近いわね」

「ち、近い？　何がですか？」

「ねぇ、ミルフィ！」

急に肩をガシッと摑まれ、真顔で迫られる。

その気迫に、ミルフィはたじろぐ。

「あのね、真剣に答えてもらいたいんだけど……」

「は、はい」

「これは私の――いえ、ひいては霧の旅団の将来を左右する大事なことなの」

「ど、どういうことなんですか……？」

鬼気迫る表情で語るアンヌの様子に加え「霧の旅団の将来」とまで言われてしまえば、いやでも只事（ただごと）ではないと悟る。

神妙な面持ちでアンヌの次の言葉を待つミルフィ――が、その内容は想像とまるで違うものだった。

「前にリーダーの娘の話をしたことを覚えている？」

「リーダーの娘？　――あっ」

ミルフィがその少女のことを思い出すと、瞳から光が消え失（う）せる。

「……フォルトを気に入っているという、イルナさんでしたっけ？」

「ええ……そうよ」

力なく語るアンヌ。

その姿を見たミルフィはハッと我に返った。

「あ、あの、アンヌさん」

「何かしら？」

「私にできることでしたら、なんでも協力しますよ」

「！　あ、ありがとう、ミルフィ。イルナと年が近いあなたなら、きっと参考になる意見が聞けると思っていたのよ！」

嬉しそうに言ったアンヌは、深呼吸を挟んでからミルフィにあるお願いをする。

「私のことをママって呼んでもらいたいの」

「……えっ？」

あまりにも突飛なお願いに、ミルフィの目が点になる。

「あ、あの、アンヌさん？　話が見えないんですけど……」

「はっ！　ご、ごめんなさい……いきなりすぎたわね」

ペタンと犬耳を垂らして反省するアンヌ。それから、改めて先ほどのお願いの真意を説明した。

「……実は私、リーダーのリカルドとは恋仲で……」

「ああ、なるほど。……ええっ⁉」

いきなりの告白に驚くミルフィ。

だが、アンヌはそんなミルフィの様子にまったく気づくことはなく、さらに話を続けていった。

「将来的には彼と結婚したいと思っていて……そうなると、イルナは私の義理の娘ということになるわけで……」

とどまるところを知らないアンヌの独白。

口をはさむべきかどうか迷うミルフィだが、内容が結ばれるために乗り越えなくてはいけないことへ及ぶと、真面目に聞き入った。

アンヌは本気で悩んでいる。自分が彼女のことをママと呼ぶことで何が起きるのか想像もできないが、これだけ真剣ならば、何か深い意味があるのだろう。

アンヌは獣人族のため、年齢的には周りよりもだいぶ上だ。

しかし、その容姿はどう見ても二十代前半。

相手の男性――霧の旅団のリーダーは四十歳を超えているらしく、見ようによっては親子と勘違いされてしまうこともあるらしい。さらに、将来的には義理の娘となるイルナについても似たような悩みがあった。

イルナの顔を知らないミルフィだが、自分と同年代ということは、どう見ても姉妹に思われるだろう。

それでアンヌは心配していたというわけだ。

リカルドとの仲は円満であるが、イルナはまだその事実を知らない。

小さな頃から格闘術を教え込んできたアンヌは、イルナとも仲はいいが、それはあくまでも同じパーティーの仲間として。

あるいは、格闘術の師弟関係からくるものだろう。

これがもし、親子となったら——イルナが拒絶しないか、アンヌは心配だった。

だから、アンヌは年の近いミルフィに、すがるようにお願いをした——が、お願いされた側のミルフィには、アンヌの願いを叶えてやれないという心苦しさがあった。

その理由は、ミルフィの過去にある。

「……ごめんなさい。私もフォルトも小さかった頃に両親を亡くして、住んでいた村の村長夫妻に育てられたんです。ですから、母親という存在がどういったものなのか、一般的な感覚では答えられないと思います」

「あっ、ご、ごめんなさい」

「いえ、逆に協力できなくて申し訳ないというか……」

ミルフィもフォルトも両親の顔も声も名前さえ知らない。

物心ついた頃には揃って村長夫妻の子どもとして育てられていたし、村の人たちも優しく接してくれるので何も困らなかった。何より、自分と同じ境遇のフォルトがいたから別段寂しくもなかったのだ。

ミルフィは今さら両親に会いたいとは思っていない。

たぶん、会ったところでどう接したらいいか分からないだろう。

そもそも、両親と名乗る人物が本当に自分たちの両親であるのか、その見分けはつかないだろう。

だけど、フォルトは違う。

フォルトだけは、離れ離れになりたくなかった。

きっと、今のアンヌも自分と似たような気持ちなのだとミルフィは思った。

未(いま)だに続く惚気(のろけ)トークの合間を縫って、ミルフィは自分の素直な気持ちをアンヌへと伝える。

「……大丈夫ですよ、アンヌさん」

「ミルフィ……?」

「私はそのイルナさんがどんな子なのか分かりませんが……アンヌさんは、困っていた私を助けてくれましたし、フォルトと再会するために自分たちのパーティーに誘ってくれました。そんな優しいアンヌさんを嫌いになる人なんていませんよ」

「うう……おぉ……」

途中から嗚咽(おえつ)交じりの声になっていたアンヌだったが、ミルフィが話し終えたところで完全に涙腺が崩壊。

酔っていたことも手伝ってか、ミルフィに抱き着いてひたすら「ありがとう!」を連呼していた。

それから、酔い潰れて動かなくなったアンヌをなんとか引っ張って併設している宿屋の部屋まで連れ戻し、ベッドの上へと寝かせる。

「うふふふふ～」

ミルフィから励まされたということもあってか、爆睡しているアンヌの寝顔は幸せそうに緩んでいた。きっと、夢の中にリカルドとイルナが出てきて、楽しく過ごしていることだろう。

「ふぅ……」

アンヌが特別重いというわけではないが、さすがに十代半ばの少女が成人女性を運ぶというのは重労働だ。

なんとかして宿屋に戻ってからは、宿の女将にも手伝ってもらいながら、ようやく部屋へとたどり着くと、ミルフィは自分用のベッドに腰を下ろして大きく息を吐いた。

汗をかいたミルフィは、夜風で涼もうと立ち上がり、部屋の窓へと近づくと全開にしてから「う～ん」と体を伸ばした。

宿泊している場所は小高い丘のようになっていて、おまけにこの部屋からだと遠くの町まで見渡せた。

いくつか見える町の明かりのひとつは、今フォルトがいるクロエルの町――そう思うと、本当にすぐ近くまで来たのだとミルフィは実感する。

「あと少しだよ、フォルト」

夜空に向かって、ミルフィはそう呟いた。

これまで、そばにいるのが当たり前だったフォルト。

いなくなってからまだそれほど時間が経っていないにもかかわらず、すでに何十年も別れ別れになっていたような感覚だった。

それくらい、自分にとってフォルトとは大きな存在だったのだろうとミルフィは実感する。

「早く会いたいなぁ……」

夜風にかき消されるほどの小さな声で、ミルフィは願望を口にする。

それは、まもなく願望から現実のものへと変わるはずだ。

「さて！　明日も早いから、今日はもう寝ましょう！」

はやる気持ちを抑えるように、ミルフィはそう言って窓を閉める。

フォルトとの再会はもう目の前だ。

第五章　心の鍵

聖樹の違法栽培犯摘発から一夜が明けた。

クロエルの町は朝からいつもと違った賑わいを見せている。

まず、昨日俺たちが捕まえた犯人のガルトンを連行するため、王国騎士団が押しかけていた。

ガルトンの身柄を王国へ運ぶ前に、違法栽培の現場となっている廃宿屋から証拠を見つけだすため、今日一日捜索すると、わざわざ俺たちが泊まっている宿屋に足を運んでそう告げていった。

証拠というのは、ガルトンを裏で操っていた黒幕についての証拠らしい。

今回の事件は規模からして組織的な犯罪であることが疑われており、その全容解明のためにもアジトとして利用していた廃宿屋を調査するのだという。

「随分と急な話よね」

「まあ、仕方ないよ。今日中には終えるって話だし、明日になればリカルドさんたちも戻ってくるし」

「……そうね。焦る必要はないものね」

問題点は全部片付いたわけだし、あの廃宿屋は好きにしていいという店主のお墨付きももらっている。

「じゃあ、今日はダンジョン探索に行こうか」

「そうしましょうか。一応、新しい探索候補はいくつか絞り込んであるの」

「おっ、それは楽しみだな」

俺たちが今日の活動について話し合っていると、そこに近づいてくる人影が視界の端に映った。

「もしや……おふたりがフォルト様とイルナ様ですかな？」

その人影から声をかけられた。

それも、かなり丁寧な口調だ。

振り返ると、そこには身なりのいい初老の男性が立っていて、俺たちをジッと見つめている。

「えっと……知り合い？」

「……いいえ、知らない人よ」

初対面の人物に警戒する俺たち。

初老の男性も、そんな俺たちの態度に気づいて自分の素性を話し始める。

「警戒されるのはごもっとも。――ですが、ご安心ください。怪しい者ではありません。私はこの地方のギルドマスターであるフランベール・マードリー様に仕えるコットーという者です」

「は、はあ……」

俺はチラリとイルナへ視線を送る。

ギルドマスターのフランベール・マードリー。

その名には聞き覚えがあった。

ただのギルドマスターというだけでなく、ここゾルダン地方を治めるフローレンス家とも親交の深い有力者って話だったはず。

そんな大物の関係者が、俺たちになんの用があるっていうんだ？

「単刀直入に言いましょう。フランベール奥様は聖樹の違法栽培犯を捕まえたあなた方にお礼をしたいので、ぜひ屋敷へ招待したいとのことです」

「「えっ？」」

意外な申し出だった。

「お、俺たちにお礼を？」

「ええ。例の違法栽培犯の確保は奥様の悲願でもありましたから。それを成し遂げたあなった方に一度お会いしたい、と」

そういえば、自警団のワルドさんも、フランさんにせっつかれているみたいなことを言っていたな。

「いきなりのことでさぞ驚かれたでしょうが……いかがでしょう？」

コットーさんに再度尋ねられた俺は、自然とイルナへと視線が向く。そのイルナも、こちらに判断を仰ぐような形で視線を送ってきた。

ただ——イルナと考えは一致している。

そう感じ取った俺は、コットーさんにこう返した。

「行きます」

「おぉ！　ありがとうございます。奥様もお喜びになられます」

この地方のギルドマスターにして、貴族にも匹敵するとされる力を有した人物……今後のためにも、会っておいて損はないだろう。

俺たちはフランさんに会うことにした。

「こちらに馬車を用意してあります。さあ、どうぞ」

俺とイルナはコットーさんの案内で馬車に乗り込み、クロエルの町を出た。

「フランベール・マードリーさん……どんな人なのかしら」

「話を聞く限りだと、かなりの大物だよね」

「まさか……パパみたいな人だったりして」

「えっ……？」

リカルドさんというと——いかん。どうしてもムキムキでスキンヘッドのお婆(ばあ)さんを想像してしまう。

果たして、この地方のギルドマスターとは一体どんな人物なのだろうか。

馬車が進んだ先は、町外れの小高い丘の上だった。

周囲にはのんびりと草を食べる放牧中の牛や、穏やかな風を受けてゆっくりと回る風車がある。

貴族に匹敵する強大な力を持ったギルドマスターが住んでいるとは思えない、なんとも牧歌的な雰囲気が漂う場所だ。

「のどかねぇ……」

「のどかだなぁ……」

そんな景色を眺めながら移動し、とうとうフランさんの屋敷へ到着。

現れたのは屋敷——といえば屋敷なのだが、こちらも事前に聞いていたイメージとはかけ離れていた。相当な豪邸に住んでいるのだろうと想像していたが、思ったより普通サイズをした切妻屋根の二階建てだったのだ。

「さあ、みなさまこちらへ。奥様がお待ちです」

執事であるコットーさんの案内で屋敷の中へと入り、フランさんがいるという一階の部屋へと通された。

そこはかなり広く、中心には長細い机が設えられており、天井にはシーリングファンが回っていた。

部屋を見回していると、隅にあるイスにひとりの老婆が座っていた。

手がわずかに動いているようだが……編み物をしているらしい。

「コットー……その子たちが例の？」

その姿から受ける印象は、「お淑やかな感じのお婆ちゃん」であった。

思っていたよりもずっと淑やかで穏やかな印象を受けるこの人こそ、

「はい、奥様。例の事件を解決した若き冒険者二名です」

「お、俺はフォルトといいます！」

「あたしはイルナです」

「あらあら、思ったよりもずっと可愛らしい子たちね」

ゾルダン地方にあるすべてのダンジョンを束ねる陰の支配者ことフランさんだった。

──って、なんだか覇気がないような？

目線もこちらに向けられていないし……こう言っちゃなんだが、まるで抜け殻のようにさえ思えるぞ。

「あ、あの、何かあったんですか？」

「訳ありって感じね」

「……えぇ、実は──」

コットーさんは穏やかな口調で話し始める。

それによると、原因はジェシカというフランさんの孫娘にあるらしい。

ジェシカはつい最近両親を病で亡くして以来、他者との接触を避けるようになり、部屋に引きこもっているらしい。もうかれこれ一ヶ月近くそのような生活が続いているのだという。

「それは確かに心配ですね……」

「奥様もそれを気にしてか、最近はずっとあの調子で」

「まあ、健康的な状態とは言えないわね……」

「これまでは切り替えができていて、あなた方の話題が出た時は久しぶりに元気な笑顔も見せていたのですが……どうやらそれも限界……わざわざ足を運んでいただいたというのに……申し訳ありません……」

仕事に支障をきたすほど、孫娘のことが心配ってことか。

「……あの、コットーさん」

「はい？」

「その子の――ジェシカの部屋はどこですか？」

気がつくと、俺はそんなことを口走っていた。

「ジェシカお嬢様のお部屋ですか？」

「会ってどうするつもりなの？」

「助けたい……って思う」

「フォルト……」

静かに頷(うなず)くイルナ。

ジェシカを助けたいという俺の考えを理解してくれたらしい。

ちょうどその時、俺のキーベルトにある鍵を見たフランさんが勢いよく立ち上がり、それを指差して尋ねる。

「あ、あなた……どこでこの鍵を!?」

「えっ？　あっ、えっと……数日前に地底湖のあるダンジョンで」

「地底湖のダンジョン……」

フランさんは呆然(ぼうぜん)としたまま、ペタンと再びイスへと腰を下ろした。

「お、奥様⁉」

心配したコットーさんが駆け寄ろうとするが、フランさんは手を差しだしてそれを止める。

「いいのよ、コットー……それより、これは天の助けかもしれないわ」

そう言って、フランさんは再び俺へと視線を移す。

その言動から察するに、どうやらフランさんは俺の持つこの鍵について何か重要な情報を知っているようだ。

詳しく尋ねようと、フランさんへ声をかけようとした時、誰かに呼ばれた気がして振り返る。

「？　何かありましたか？」

コットーさんやイルナが不思議そうにこちらを眺めているけど……今の声、聞こえなかったのか？

声の主を捜しているうちに、なぜかふとあの鍵の存在を思い出す。

まさか、俺を呼んだのは――この鍵か？

「聞こえたようね」

キーベルトから鍵を取り外し、それを手にした瞬間にフランさんが言う。

「その鍵の声が聞こえたのでしょう？」

「鍵の声……」

「まだ手にして間もないみたいだから、ハッキリと聞こえているわけではないようね」

「……やっぱり、フランさんはこの鍵を——」

再び鍵のことについて話をしようとした途端、手にしていたそれが突然眩く発光しだした。

「こ、これは⁉」

「何があったのよ、フォルト！」

コットーさんとイルナは突然の事態に慌てふためいている。フランさんも、ふたりほどではないが突然の事態に驚いているようだ。

だが、俺は落ち着いていた。

あの時と——地底湖の時と同じ感覚だ。

この光が……俺にジェシカを救う方法を教えてくれている気がしてならなかったのだ。

「……そうか。そういうことか」

光が弱まっていくのに合わせて、俺の頭の中にはこの鍵の新しい使い方がしみ込んでくる。

同じだ……あの時と。

「だ、大丈夫なの、フォルト」

眩い光が消え去ると、イルナが心配して駆け寄ってきた。

「ああ、問題ないよ。それより――この鍵で、ジェシカを救えるかもしれない」

「ジェ、ジェシカお嬢様を救えるんですか⁉」

「どういうことよ⁉　鍵を使って何をしようっていうの⁉」

「――ジェシカの心の中へ入る」

「「えっ⁉」」

突拍子もない俺の言葉に、コットーさんとイルナはまたしても驚く。

「こ、心の中に入るって……危険じゃないの⁉」

「とても危険よ」

イルナの問いに答えたのはフランさんだった。

「下手をすれば、こちら側へは戻ってこられなくなるわ」

「なっ⁉」

思わず大きな声を発してしまうイルナ。

ただ、俺としては予想通りのリスクだった。

……というか、フランさんはそこまで知っているのか。

「そ、そんな……」

顔が青ざめていくイルナ。

一方、フランさんの表情も暗くなっていった。

「さっきの言葉は忘れて頂戴」

「えっ？」

「そっちのお嬢さんが思い出させてくれたの。あなたが持つその鍵の力に頼ろうとしたけれど……それはとても危険な行為だわ」

フランさんは俺の身を案じ、鍵の力を使ってジェシカの心の中へ入ることを止めた。

──それでも、俺の気持ちは変わらなかった。

「俺……行きます」

「っ！　あなた……やめなさい！」

強い口調でフランさんは俺を止める。

けど、二度と戻ってこられなくなるというリスクを分かった上でも、俺の気持ちは揺るがなかった。

「……フランさん、それでも俺はジェシカの心に入っていこうと思います」

「えっ？」

「危険は百も承知ですが……この力で誰かを救えるなら、俺は救いたい」

「あなた……優しいのね」

自分の気持ちを伝えると、フランさんは諦めたように小さく笑ってから、もう一度視線をこちらへ向ける。

「……無茶だけはしないようにね」

本心としては孫を救ってもらいたいのだろうけど、俺を心配してそう言ってくれている――向かい合っていると、それが伝わってきた。

「お心遣い、ありがとうございます」

俺はフランさんに深々と頭を下げる。

こうして、俺はフランさんとコットーさんの案内のもと、イルナとともに二階にあるジェシカの私室前までやってくる。

まずはコットーさんがノックをしてから部屋の中にいるジェシカへと声をかけた。

「お嬢様、今日はお嬢様と同じ年頃で、冒険者をしている男女ふたりに来ていただきました」

特に反応は返ってこない。

ただ、コットーさん曰く、今のように引きこもる前はよくギルドへも顔を出しており、冒険者という仕事に憧れていた節があるという。その線からもアプローチをしていこうという魂胆だったが……見事空振りに終わったな。

「お嬢様……」

「直接会うのはなかなか難しそうですね」

「え、えぇ……そうなのです」

「まどろっこしいわね！　このまま突っ込むわよ！」

「ちょっ⁉　ス、ストップ！」

ドアを蹴破ろうとする勢いのイルナを制止すると、俺は「まあ、任せてよ」とだけ告げて部屋のドアを開けると、真っ暗な室内へ足を踏み入れる。

目的の人物はすぐに見つかった。

「君が……ジェシカか」

大きな窓のそばにあるベッドで、膝を抱えている女の子がいた。

水色のショートカットの彼女が、フランさんの孫娘であるジェシカで間違いないようだ。

そのジェシカだが……俺が入ってきたことにまったく気づいていないようだった。声をあげることもなく、ただジッとして動かない。窓から日の光が差し込んでいるはずなのに、室内は薄暗さを感じる。

心の傷が癒えることはなく、今もなおその心身を蝕んでいるようだ。

ジェシカの状態を確認した俺は、彼女の前に立つ。そして、意識を集中すると目を閉じた。

誰かに教わったわけじゃない。

ただ、「こうすればいい」ってやり方が、鍵から発せられる温かな光を通して頭に直接流れ込んでくる感じだった。

俺はそれに従い、自分の魔力を手にした鍵へと注いだ。

そう。

フランさんも言っていた通り、この鍵の使い道は――宝箱を開けるだけにとどまらない。

「……精神解錠（メンタル・アンロック）」

その言葉を口にした次の瞬間――目の前の景色が一変し、俺は意識を失った。


「う、うぅ……」

気がつくと、俺は倒れていた。

そこはさっきまでいたフランさんの屋敷じゃない。

「どこなんだ……ここは？」

起き上がって周囲をチェックする。まったく見たことのない光景だが、不思議と焦りや不安は感じなかった。

全体が真っ白な空間。

それに、イルナとコットーさんもいない。

ここは通常とは隔絶された空間。

俺はこの状況の大きな変化が、手にしている鍵の引き起こしたものであることを理解していた。これも、頭に流れ込んでくる鍵の情報が教えてくれる。

「……本当に、この鍵って一体何なんだろうな」

俺の人生を一変させた鍵。

危険性を感じないし、大変便利なので使いまくっているけど……いよいよ怖くなってきたな。

……まあ、鍵のことについては後回しだ。

戻ったらフランさんから情報を聞きださないと。

それよりも今は目の前で起きている事態に集中しよう。

俺の立っているこの場所はジェシカの精神世界——言ってみれば、心の中だ。

これが精神解錠の効果。

宝箱や隠し部屋の鍵だけでなく、閉ざされた人の心さえもこうして開けることができる。

だが、ここが精神世界だとするなら、今後の行動には慎重さが求められる。何せ、デリケートなところだからな……ダンジョンとはまた違った緊張感というものがあるな。

その時、俺は気配を感じて振り返った。

視線の先には、少なく見積もっても百以上はある……いや、下手したら千はあるんじゃないか？　ともかく、無数の南京錠（なんきんじょう）でガチガチに固められた鉄製の巨大な扉が行く手を阻むように立っていたのだ。

大きさは十メートルぐらい。

この扉こそ、今のジェシカの心の状態。

他者との接触を断じて許さない、鉄壁のガードで心を守っている。

「こいつを全部取り除けば……」

ジェシカは以前のような姿になる――手の中にある鍵は、言葉を使わずにそう導いてくれた。

「……やってやる」

俺は宝箱を開ける時と同じように、魔力を鍵へと注ぎ込む。

だけど、今回はちょっと勝手が違う。

今まではひとつの宝箱に対して鍵がひとつだったが、今回は鍵穴が千以上ついている……終わりが見えないぞ。

――けど、対策がないわけじゃない。

「数が多いなら、こちらも数で対抗するまでだ」

数えきれないほど鍵穴があるなら、こちらも数えきれない鍵を出すだけ。

「いくぞ！」

叫んだ直後、俺の頭上に無数の光の鍵が出現。

この鍵で――閉ざされたジェシカの心の扉を開ける。

「いけっ！」

俺の声に合わせて、無数の鍵は巨大な扉を封じている南京錠へと向かっていく。

光の鍵は一斉に南京錠を開け、がんじがらめにされていた扉を開放。

大きな音を立てながらゆっくりと開いていく扉の先には、薄暗い空間が広がっていた。

目を凝らすと、そこはここへ来る前までいたジェシカの私室であり、最後に見た時と同じく、窓際のベッドに膝を抱えて座っているジェシカの姿があった。

しかし、こっちのジェシカはすぐに俺の存在に気づいた。

「あなたは……誰ですか？」

こちらへと顔を向けたジェシカだが、その表情に覇気はなく、目が合っているのに合っていないような……奇妙な感覚だった。

「ここは私の部屋です。出て行ってください」

感情が込められていない、平坦（へいたん）な口調で言い放つ。

その時、俺は部屋の壁にたくさんの絵が飾られていることに気がついた。そこに描かれているのはジェシカと両親。どれも幸せそうに微笑（ほほえ）んでおり、生前は本当に仲の良かった親子だったのだというのが伝わってくる。

「お父さん……お母さん……」

消え入りそうな声で呟（つぶや）くと、再び膝を抱えた。

「ジェシカ、外へ出よう」

「嫌です」

即座に拒否して、再びふさぎ込むジェシカ。

「私のことは放っておいてください」

……ダメだ。

この状態から、彼女を救いだすにはどうすればいいのか……まったく案が浮かばない。

「私……ひとりぼっちになっちゃった」

力のない声が、耳に届く。

——違う。

それは違う。

ジェシカの呟きを耳にした時、俺の頭に真っ先に浮かんだのはフランさんとコットーさんの顔だった。ジェシカの両親は彼女をとても大切にしていた——だけど、あのふたりだって、同じくらい心からジェシカのことを思っている。ジェシカは……断じてひとりぼっちなんかじゃない。

そのことに気づかせてあげたい——が、肝心な手段が思いつかない。

すると、あの鍵がまるで、「自分を使え」とでも言っているかのように輝き始めた。

「ど、どうしたんだ？」

もうすでに開けられる扉はないはず。

そう思っていたが、部屋の中を見渡した時、ジェシカのすぐ近くに鍵のかかった扉があるのを発見する。この扉……現実世界のジェシカの部屋にはなかった扉だ。

近くにあってその存在に気づかない。

この扉の向こうにあるものは――

「……そういうことか」

鍵を握る手に力がこもる。

俺に教えてくれたんだな……この扉の意味を。

「ジェシカ。君のことを心配している人たちがいるんだ」

「そんな人――」

「いるさ」

ジェシカの言葉を遮るように、俺は言う。

それに反応したジェシカはゆっくりと顔を上げて、こちらへと視線を動かした。

「思い出すんだ、ジェシカ。君は決してひとりなんかじゃない」

俺は鍵の力を発動させ、部屋の扉を開ける。

その先に待っていたのは、ジェシカのよく知るふたりの人物。

「えっ……」

それまでうつろだったジェシカの瞳に、確かな光が宿った。

扉の向こうには、優しく微笑むフランさんとコットーさんが立っていた。もちろん、これは現実のふたりではなく、ジェシカの精神世界が記憶をもとに生み出した姿である。

あの扉は、いわば記憶の扉。

深い悲しみのせいで、近くにあるのに気づかれず放置されていた扉だ。

ジェシカが少しでも前向きになり、顔を上げることができれば見つけられたかもしれない――だが、それが敵わなかったので、俺はその手伝いをした。

本来であれば、ジェシカ本人しか開けられないその扉を開けて、封じ込めていた記憶を呼び起こしたのだ。

「お婆様……コットー……」

両親との記憶で埋め尽くされていた部屋に、フランさんとコットーさんの記憶が加えられていく。ジェシカはそれらを目の当たりにすると、ベッドから立ち上がってふたりのもとへと歩み寄る。

そして――両手を広げると、ふたりへ抱きつき、大きな声で泣きだした。

ジェシカは思い出したのだ。

自分を思ってくれている人たちの存在を。

それに……これだけじゃない。

まだ若い彼女には未来がある。

「ジェシカ……これから先、きっと君のことを大切に思ってくれている人が他にも現れるよ。それに、君のご両親も、希望をもって明るく生きてほしいと願っているはずだ」

「……はい！」

初めて、ジェシカが笑顔を見せてくれた――その途端、俺の視界は白一色に塗りつぶされていき、意識がだんだんと遠のいていった。


「ちょ、ちょっと！　大丈夫なの⁉」

次に意識を取り戻すと、まず飛び込んできたのはイルナの泣き顔だった。

「あ、ああ――」

「ただいま」と続けようとしたが、それよりも先にイルナは俺の肩を摑んでガクガク揺すった後、思いっきり抱きついてきた。

「話しかけても返事がないから死んじゃったかと思った……」

心配してくれたのか……ありがたいんだけど、首が締まっているので解放してくれという意志表示をタップで示す。

ようやく解放された後、ジェシカがどうなったのか、部屋へ目を移すと、

「…………」

ベッドで膝を抱えていたジェシカは身を起こし、オレンジ色に染まりつつある景色を眺

めていた。

「ジェシカ様が……」

ふと視線を部屋の扉の方へ向けると、コットーさんが涙を流して立っていた。

それに気づいたジェシカはゆっくりとこちらへと振り返り、そして——

「コットー……心配かけてごめんなさい」

ニコリと微笑んで、そう言うのだった。

元気を取り戻したジェシカはすぐに階下にいるフランさんのもとへと走り、これまでの経緯を説明した。

フランさんも最初は驚いていた様子だったが、ジェシカの話を聞いているうちに落ち着きを取り戻し、涙を流して孫娘の復活を喜んだ。

俺は精神世界の中で何があったのかをひと通り説明。それを終えると、ジェシカは俺にペコリと頭を下げた。

「本当にありがとうございます！」

改めて俺たちにお礼の言葉を述べるジェシカであったが、その視線が突然グッと下がった。どうやら、俺の腰の辺りに何かを発見したらしい。

「そ、それはまさか——龍声剣!?」

突如ジェシカの興奮した声が響き渡る。

「あのあの！　その剣……よく見せてもらっていいですか!?」

「あ、ああ」

「はわぁ〜……」

つい数分前まで抜け殻みたいだったのに、俺から受け取った龍声剣を眺める表情はまさに恍惚（こうこつ）といった感じ……さっきまでの暗い印象がまだ残っているから、まるで別人のように感じる。

けど、こっちの方が本来のジェシカなんだよな。

「すまないねぇ。この子はアイテムマニアなのよ」

俺とイルナが呆気（あっけ）に取られていると、フランさんがそう解説してくれた。

……それなら、他にも珍しいアイテムを身につけている。

試しに見せてみよう。

「これとか、どう？」

「!?」

その瞬間、ジェシカの両目が見開かれる。

「て、天使の息吹!? しかもこっちは破邪の盾!? 黄金神の祝福まで!?」

「ちなみにこれが一番最近の収穫」

「お、おお、黄金神の祝福!?」

今にもぶっ倒れそうな勢いで驚いている。

さっきとは別の意味で心配になるな。

「どれもこれも……存在自体が疑われているアイテムばかり……私は夢を見ているの……? ああ、全部抱きしめたまま眠りたい……」

恍惚の表情でアイテムを眺めるジェシカ。

どうも、俺の身につけているアイテムの数々は、ジェシカにとって目の毒だったようだな。

ジェシカはしばらく戻って来そうにないので、俺はフランさんに気になっていたことを尋ねた。

それはこの鍵について。

ジェシカの部屋へ行く前の言動から、この鍵について何らかの情報を持っているようだった。それを教えてもらうことにしたのだ。

「あの、フランさん……この鍵について知っていることを教えていただきたいのですが……」

「あら。その鍵の力を把握しているわけじゃなかったのね」

「……今までは鍵が俺にいろいろと教えてくれて……それに従っていたんです」

俺はこれまでのことを包み隠さずフランさんに伝える。

「そうだったのね。……ちょっと待っていて」

俺の言葉を受けたフランさんは、部屋にある本棚へと向かい、そこから一冊取りだした。

「これを見て」

そう言って、俺に手渡したのは絵本だった。

「「あっ！」」

たまらず、俺とイルナは驚きの声を漏らす。

絵本の表紙には、ひとりの女性が描かれているのだが――その女性こそ、俺の鍵に描かれている女性であった。それだけにとどまらず、絵本に描かれている女性は大きな鍵を手にしており、その鍵には女性の横顔が彫られていないという点をのぞけば、俺の持つ鍵とまったく同じデザインであったのだ。

「これは創造の女神リスティーヌがこの世界を創るまでの苦悩をテーマにした絵本なの」

「創造の女神リスティーヌ……」

「この絵本は私の故郷である南部の国限定で、わずか数週間しか本屋に出回らなかった物なの。なんでも、作者が発売直後に急死してしまい、縁起が悪いと各書店が自主的に廃棄したって噂があって」

まさに曰く付きの本ってわけか。

フランさんの許可を得て、俺たちはその本を読んでみた。

ページは十三と多くはないのですぐに読み終えた。

内容はこんな感じだ。

『昔々、創造の女神であるリスティーヌがこの世界を創った。ある時、女神は自分の創った世界をもっと間近で見たくなって、地上へと降り立った。その際、彼女は冒険者をしているひとりの男と出会う。その男と交流を続けているうちに、ふたりは恋に落ちた。女神は自分の女神としての力を男に託し、女神ではなくひとりの女として男と共に生きていくことを決意したのである』

ここまでの展開はよくあるおとぎ話。

問題はここからだ。

『女神の祝福を一身に受けた男は性格が一変してしまう。女神の持っていたすべての願いが叶う鍵を手に入れたことで、傍若無人な振る舞いが目立つようになった。そんな彼に愛想を尽かした仲間はひとり、またひとりとパーティーを抜けていった。そして、とうとう男と女神のふたりだけになってしまう。かつて女神が愛した男の面影はなく、酒に溺れて暴力を振るうまでに落ちぶれた。女神は、自分の持っていた鍵が男に誤った力を与えてしまったせいだと嘆き、いざという時のために残しておいた女神の力を使って男の持つ鍵を封印し、人々の前から姿を消した』

――これが、絵本のストーリーだ。

「……なんか、子ども向けにしては重い内容ですね」

「確かにそうね。……けど、ここに描かれている鍵と、あなたの持っている鍵が同じデザインだと気づいた時――それはきっと女神リスティーヌの持つ鍵だと直感したの」

絵本に出てくる女神の鍵――フランさんは、俺が地底湖で見つけたこの鍵が同じ物ではないかと語った。

その証拠というべきか、絵本の挿し絵には宝箱の解錠のほかに、ふさぎ込んで心を閉ざしている女の子を主人公が鍵を使って救いだすというシーンがある。

ついさっき俺がジェシカにやったことと同じだったのだ。

この絵本の作者は、俺の持つ鍵を以前どこかで見て、それをもとにしてこの絵本の挿し絵に使ったのだろうか。

……ともかく、この絵本が鍵の秘密を知る大きなヒントになっていることは間違いなさそうだ。

「この絵本は一体どこで……？」

「知り合いの解錠士（アンロッカー）が持ってきたものよ。今度、彼のことも紹介するわね。顔は怖いけど根はいい子だから、きっと先輩としてあなたの力になってくれるわ」

それは非常に頼もしかった。

俺自身が解錠士となってから、他の解錠士とは接触していない。そういう意味でも、ギルドマスターであるフランさんから高評価を得ているその人には一度会ってみたいな。

絵本の内容を確認し終えたと同時に、アイテムを眺めていたジェシカも満足したようでこちらに合流。

それから、俺たちはコットーさんが腕によりをかけて作ったディナーをいただくことに。

思えば、これが当初の目的だったんだよな。

その席では、これまでに挑んだグリーン・ガーデンとバーニング・バレーでの話をした。

特にジェシカは瞳を輝かせながら俺たちの話を聞いていた。

昔から本が好きで、中でも冒険ものに目がなかったというジェシカは最初から最後まで目が輝きっぱなしだった。

そんな孫娘の様子を、フランさんは目を細めながら見つめていた。

食後、俺たちはフランさんに、霧の旅団の新たな拠点にクロエルの廃宿屋を使いたいと願いでた。

それに対し、フランさんはふたつ返事でＯＫをくれただけでなく、ボロボロだったあの廃宿屋を住めるように修復するための業者まで手配してくれることになった。おまけに料金までフランさん持ちだという。

さすがにそれは申し訳ないと断ったが、「これくらいのお礼はさせて頂戴」と言って却下された。

「明日戻ってくるリカルドたちも交えながら、新しい拠点づくりを始めていきましょう」

「はい！」

結局、その日は話が大いに盛り上がったこともあり、気がつくと深夜になっていた。

そのため、俺とイルナはフランさんの「今日は泊まっていきなさい」という言葉に甘え、屋敷の客室で夜を過ごすことにした。

これにはジェシカも大喜びだった。

年の近い者とここまで親しくなったことは過去にないらしく、特に同じ女の子であるイルナとはあっという間に打ち解けていた。

今回の件はジェシカだけでなく、イルナにとってもいい出会いになったようだった。

フランさんの屋敷からクロエルの町へ戻ってきた俺たちは、早速例の廃宿屋へと向かう。

——その「俺たち」の中には、復活したジェシカも含まれていた。

「ここが話に出ていた物件ですか」

そう言いながら、ジェシカは裏通りに立つ廃宿屋を見上げる。

「いくつか修繕が必要となる部分はあるにせよ……雰囲気はとてもいいですね」

「本当……幽霊騒動があったなんて嘘みたいだよな」

「フォルト、それを思い出させないで……」

そう語ったイルナの目は遠くを見つめていた。

それを見て、俺は迂闊だったと反省する。

偽聖樹に捕まって服が——いや、これ以上はやめておこう。

「中も見ていいですか？」

「も、もちろん。俺たちも入るつもりだったし」

「でしたらすぐに行きましょう！」

ジェシカに急かされながら、俺たちは廃宿屋へと入っていった。

予定では、リカルドさんたちは今日戻ってくることになっている。俺とイルナは霧の旅団の仲間がクロエルに戻ってくる前に、この廃宿屋を少しでも綺麗にしておこうと、手始めに家の中にあった家具類をチェックし、使える物とそうでないものに分けていった。

あと、偽聖樹のあった地下の部屋はアイテムを保管しておくための倉庫として利用することもリカルドさんに提案しておこう。

俺たちが作業を進めていると、廃宿屋内を探索していたジェシカから声がかかる。

「そろそろ休憩しませんか？」

リフォームの打ち合わせに夢中となるあまり、気がつくとすでにお昼の時間となっていた。

クロエルの町では正午になると時計塔の鐘が鳴るのだが、それすらスルーしてしまうくらい熱中していたらしい。

「昼食ですが……今日は天気もいいですし、外で食べませんか？」

窓の外を見ると、廃宿屋の中庭にイスとテーブルが置かれ、おまけにサンドウィッチが用意されている。

「あれは……」

「け、今朝早起きをして作ってみました。久しぶりだったので味の方は自信がないのですが……」

照れ笑いを浮かべながら、ジェシカはそう説明する。

「なんだか、悪いな」

「いいんですよ。……フォルトさんにはお世話になりましたから」

「………」

「もちろん、イルナさんにも大変お世話になっていますよ？」

「ならいいわ！」

フォローも欠かさないとはさすがだな、ジェシカ。

というわけで、作業を中断し、昼食をいただくことに。

自信がないと言っていたジェシカ手作りのサンドウィッチだが――

「うまい！」

新鮮な野菜とローストされた肉がサンドされた、まさに俺好みのサンドウィッチ……口にした瞬間、素直な感想がこぼれた。

「よ、よかったです」

ホッと胸を撫で下ろすジェシカの隣で、今度はイルナが卵焼きの入ったサンドウィッチを口へ運ぶ。

「おいしい！　なんでこんなにおいしいの⁉」

イルナもジェシカのサンドウィッチが気に入ったようだ。

それから三人で会話をしながら食事を楽しむ。

その際、ふとこれまでのことが脳裏に思い浮かんだ。

今でこそこうやって平穏な時間を過ごせているが……地底湖のダンジョンで死にかけていたんだよな。本当に、あの状況からよくここまで持ち直せたと強く思うよ。

それもこれも——すべては女神の鍵がもたらしてくれた。

この鍵があったから、俺は解錠士として覚醒し、霧の旅団の一員となれたんだ。

……これからも、今みたいな時間が過ごせるように、俺はこの鍵と共にダンジョンに挑んでいく——解錠士として生きていくんだ。

「フォルト？　どうかしたの？」

「ああ、いや……なんでもないよ」

鍵を眺めていたらイルナに声をかけられた。

どうやら、思い出に浸るあまりボーッとしすぎていたらしい。

するとその時、外から人の話し声が聞こえてきた。ひとりふたりって数じゃない……かなりの人数だ。

「も、もしかして！」

「パパたちが帰ってきたんだわ！」

「でしたら、お出迎えしましょう」

俺とイルナはジェシカの提案に乗って、廃宿屋の外へ出る。

すると、遠くからこちらへと向かってくる賑(にぎ)やかな一団が見えた。

その先頭にいたのは——リカルドさんだった。

リカルドさんは俺たちの姿を見つけると笑顔で手を振る。

どうやら、フランさんのところに立ち寄り、そこでこの場所を聞いてきたみたいだな。

俺たちはすぐにでも霧の旅団のメンバーに新たな拠点候補を紹介したくなって駆けだした。

あとがき

この度は本作を手にとっていただき、ありがとうございます。
作者の鈴木竜一です。

本作は第6回カクヨムWeb小説コンテストにて特別賞をいただき、さらにComic Walker漫画賞も受賞というダブルの衝撃を経て書籍化が決まりました。すでに作者は書籍化作品をいくつか世に出しているのですが、文庫での書籍化は今回が初となります。

これまでの作品はすべて大判でしたが、実を言うと、作者的には「いつか文庫で出したい！」という野望が前々からありました。

というのも、僕がラノベを読み始めた頃はちょうどラノベブームが巻き起こっており、愛知県の田舎町である僕の地元でも、書店にライトノベルコーナーが増設され、棚いっぱいに並べられていたほどです。

その時代にラノベの沼にハマった者として、「あの棚に自分の作品が並んでいるところを見たい」という考えに至るのは必然の流れ。このあとがきを書いている時は、まだ本は出来上がっていないのですが、こうしてみなさんがあとがきを読まれている頃には、きっと浮かれまくっていることでしょう。少年時代から足しげく通っていたその地元の書店に本作が並んでいるのを見つけてしまったら……どうなってしまうか、作者本人にも分かりません。

さらに、コンテストで受賞しての書籍化というのも大変嬉しいものでした。

書籍化したいと思うようになった二十代前半。僕は意気揚々と何度もコンテストに応募しましたが、落選に次ぐ落選でげんなりしていました。

一度だけ最終選考まで残ったことがあるのですが、その時も落選。おまけに受賞した方の作品は人気作となり、アニメ化まで……当たった相手が悪かったと思う一方、書店でその方の作品を見かけると、「違う年に出してくれよ！」という思いにかられました（でもその作品は全部買うし、アニメも見る）。

今回参加したカクヨムコンも、最終的な応募作品の数を見て「あっ、これ絶対ダメなヤツだ」と半ばあきらめていたところがあったので、受賞の知らせを受けた時は声をあげて驚きました。

さて、肝心の作品についてですが、本作の主人公であるフォルトは解錠士という一風変わった肩書を持っています。

普通、ファンタジーラノベの主人公といえば、剣士だったり魔法使いだったりするケースが多いですが、フォルトは宝箱や閉ざされた扉の鍵を開けるという、言葉にすれば大変地味な力を持っています。

そんな彼がどんな活躍をして「絶対無敵」の領域まで駆け上がるのか、ぜひとも応援してあげてください。

ちなみに、この解錠という能力ですが、思いついたのはテレビ番組でやっていた《開かずの金庫を開ける》みたいな企画がきっかけでした。その番組を見て抱いた「そういえばダンジョンとかで入手する宝箱って、鍵穴が描かれているデザインが多いけど、あれって誰が鍵を開けているんだ？」という素朴な疑問からスタートし、本作の原型が作られていきました。

その後、この作品は二度のリメイクを果たし、ようやく三度目で花開いた形となったのです。

というわけで、そんな苦労（？）の末に生まれた本作の主人公こと解錠士フォルトとその仲間たちの活躍を少しでもお楽しみいただければ、作者としてこれに勝る喜びはありません。

最後に謝辞を。

まずは第6回カクヨムコンとＣｏｍｉｃＷａｌｋｅｒ漫画賞にたずさわったすべての

方々、ありがとうございました。

担当の佐々木さんには必要以上に苦労をかけたと思います。ウルトラアナログ人間である僕にも優しくいろいろと教えてくださり、ありがとうございました。これからもよろしくお願いします。

イラストを担当してくださったＵＧＵＭＥ（ウグメ）さんにも頭が上がりません。素敵なイラストの数々……ありがとうございます。作者的にはイルナの服装に心を射抜かれました。カバーイラストはプリントアウトして作業用デスクの前に貼り、毎日拝むことにしたいと思います。

そして、最後にこの本を手に取ってくださったすべての読者に感謝を！

それでは、またお会いしましょう！

本書は、２０２１年にカクヨムで実施された「第６回カクヨムＷｅｂ小説コンテスト」で特別賞を受賞した「絶対無敵の解錠士　～ダンジョンに捨てられたＦランクパーティーの少年はスキルの真価を知るＳランクパーティーにスカウトされる～」を改題・改稿したものです。

絶対無敵の解錠士（ぜったいむてきのアンロツカー）

著　鈴木竜一（すずきりゅういち）

角川スニーカー文庫　22891

2021年11月1日　初版発行

発行者　青柳昌行

発　行　株式会社KADOKAWA
〒102-8177 東京都千代田区富士見2-13-3
電話　0570-002-301（ナビダイヤル）

印刷所　株式会社暁印刷
製本所　本間製本株式会社

Printed in Japan　ISBN 978-4-04-112033-0　C0193

★ご意見、ご感想をお送りください★
〒102-8177 東京都千代田区富士見 2-13-3
株式会社KADOKAWA　角川スニーカー文庫編集部気付
「鈴木竜一」先生
「UGUME」先生